奇迹八音盒店

〔日〕泷羽麻子 著
高一君 译

上海文艺出版社

目录

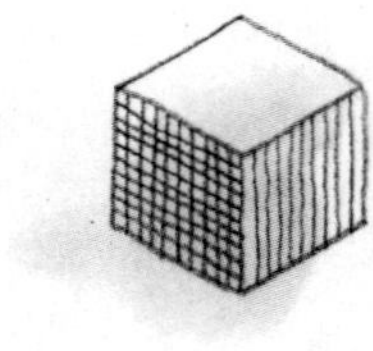

顺路

Episode 01

这是一家安静的小店。

美咲右手牵着悠人，左手推开厚重的木门走进店内。“叮咚”，音量不高的门铃响了一声后，店内又恢复了平静。看了店外不大的橱窗后，美咲本以为走进店里能听见音乐或是其他什么声音，但是店内却异常安静，这让她有些意外。

十几平方的店里既没有客人，也没有店员。狭小的店内空间呈细长型向深处延伸，几乎快顶到天花板的架子靠墙排列着。走道尽头处摆着一张长方形的桌子，桌子后面还有一扇门。这家店除了橱窗以外没有其他窗户，从天花板上垂挂下来的老旧玻璃吊灯也没有亮，店内显得很昏暗。可能是因为在初夏的阳光里步行了一阵，眼睛还适应不了，美咲越发觉得店内十分昏暗。不光是吊灯，地板和柜子都被磨成了焦糖色，结实的桌子和店内的装潢也是古旧的风格。静谧的氛围配上昏暗的光线，让这里看上去像是卖一些陈旧的东西的店铺，比如古董、旧书或是旧衣服之类的。

悠人为什么会喜欢这样的店呢？和其他孩子不同，悠人对色彩缤纷的玩具店、飘散着甜香气息的蛋糕店都不感兴趣。

美咲俯视着儿子左右转动的小脑袋，悠人似乎是感觉到了母亲的视线，他转过身来对美咲微笑，还拉起美咲的手走向架子。

架子从上到下被分成好几层，每一层上都整齐地摆放着透明的八音盒。其中既有小得能放在手掌上的，也有像橱窗里展示的那样稍大一些的，大大小小的透明盒子里都装着金色的部件。

悠人好像被什么吸引住了似的伸出了右手。

“不能碰哦。”美咲立刻拉了拉悠人的左手说道。

悠人吓得肩头一颤，缩回了正要伸出去的手，接着突然朝右边看去。

美咲也随之看了过去，她不禁吃了一惊。

“欢迎光临。”店铺深处不知道什么时候站了一个穿着黑色围裙的男子。

“不好意思，我们只是看看。”美咲抱歉地解释道。

“是嘛，那您请慢慢看。”店员并没有露出不耐烦的表情。他温柔地说完这句，就走到对面的一张桌子上开始做起了什么。虽然他没有嫌美咲母子给自己添了麻烦，但美咲还是觉得不好意思。

因为八音盒不是给三岁小孩玩的玩具，尤其是悠人这样的三岁小孩。

“差不多该走了吧？”美咲牵着悠人的手摇了摇。悠人毫无反应，直勾勾地盯着八音盒，像是要被吞噬进去似的。因为美咲不让他用手摸，他就使劲把脸凑近了看。

真是个聪明的孩子啊，刚刚不让他用手碰他就记住了。美咲放松了手上的力道，悠人马上把手抽了回去。

悠人平时都很听话，像今天这样叫他却毫无反应还真是少见。机会难得，就让他看个够吧。

店员没有引起美咲母子的注意，偷偷瞟了他们一眼后又低下头忙着手头的活。旁边电灯的光线让他的脸看上去比刚才清晰多了。他的年纪跟美咲差不多，大概三十五岁左右吧，皮肤白皙，身材瘦削，一头齐耳的柔顺直发。

美咲转头看着架子，视线不经意地落到了角落的一叠白色纸片上。她拿起一张来看，纸的质地有些粗糙，好像是宣传单，上面手写着店铺和手工制作的介绍。

八音盒由齿梳和圆形的音筒组成。和钢琴的键盘一样，齿梳的数量越多，音域就越广。根据齿梳数量的不同，八音盒分为18音、30音等，最大的八音盒可达到144音。音筒上突起的部分拨动齿梳，八音盒就会奏出乐曲。根据转动音筒的方式，八音盒分为手动式和自动式。

选购八音盒时，除了种类还要关注曲目和外箱。您可以从现成的八音盒里挑选曲目，也可以根据个人喜欢的旋律进行定制。如您需要，工匠将推荐最适合您的乐曲。外箱的颜色和材质可自由挑选，还可以绘制装饰图案。无论是作为承载自己和家人回忆的物品，还是作为馈赠他人的礼物，八音盒都十分合适。

来定制一个世界上独一无二、只属于你的八音盒吧。

宣传文案的下方列举了一些组合方式，也标注了价格，从一千日元到几万甚至几十万日元的都有。美咲之前只在特产店里看见过八音盒，这样的专卖店是头一次来，看来这里头的学问还很深呢。自己明明经常路过这一带，却从来都不知道还有一家这样的店。店里看起来古色古香，也不像是最近才开的。美咲对对面老旧的咖啡店倒是有印象，难道是之前经过的时候错过了这家八音盒店?

突然，一阵令人怀念的悦耳音乐飘进了美咲耳中。美咲抬起头，不禁大吃一惊。

悠人不见了。

美咲焦急地四处张望，终于发现了站在靠内侧的桌子边的小小身影。“悠人！”她大叫道。

八音盒的声音戛然而止。

在桌边弯腰工作的店员看了美咲一眼。原本正两手扒着和自己肩膀一般高的桌子，看着店员手指的悠人见状也回过头来看着美咲。

“对不起。”美咲朝两人走去。悠人有些不安地看着两个大人。

“不，是我没有详细介绍，抱歉。陈列的都是样品，可以随意触摸。”

美咲的脸腾地红了。

是啊，这些既不是摆件也不是精密仪器。无论看得多认真，也无法知道八音盒会奏出怎样的乐曲，想要试听一下也很正常啊。母亲应该拿一个给孩子试听才对。

如果是普通的母子，一定会这么做吧。

“动起来才有趣，对吧？”店员又转动了一下手柄，让八音盒再次奏起乐曲。这是一首美咲也听到过的动画片里的老歌。这部动画片现在好像还在播放吧？最近美咲没怎么看电视，所以也不清楚。

“因为动起来能看见音符呢。”店员乐在其中。

美咲又看了看八音盒，正如宣传单上写的那样，横过来的圆筒状部件和齿梳状的扁平部件连接在一起。只要转动透明箱体上突出的手柄，圆筒就会转动，表面细微的突起会带动排列着的齿梳。

确实能看见音符。

“我能要一个吗？”回过神来时，美咲已经说出了这句。

“是给您自己买的还是给孩子买的？”店员微笑地问道，手上的动作却没有停。悠人歪着头，盯着店员的手看。

悠人的耳朵很大，厚实的耳垂轮廓线条十分柔和，是人们常说的那种“有福之人的耳朵”。

这样的耳朵却没有功能性，这简直令人难以置信。

“给我儿子买的。”美咲答道。

店员把折叠椅放在桌边，请美咲和悠人坐下。

“请您挑选八音盒的种类、外箱和曲目。”

美咲选了价格最便宜、音域最狭窄的款式。即便如此，也是发出16个音的上等品。据店员说，市面上卖的八音盒大多都是这种。选外箱的时候，悠人从样品中毫不犹豫地挑了一个蓝色的小木箱。

但是到了选曲目的时候，美咲犯了难。

“是送给您儿子的，对吧？”店员像是在自言自语。他又转头问悠人：“您有什么喜欢的曲目吗？”

他像是对着一个成年人说话似的，语气很是客气，可能是不太习惯面对一个孩子吧。按理说他这个年纪就算结了婚也不奇怪，可是他稳重的语气和优雅的动作却让人感受不到任何生活气息。

悠人目不转睛地盯着店员，仿佛是在仔细倾听。

“有没有曲目表呢？”美咲问道。

“很抱歉，表倒是有，但因为曲名都是汉字，怕孩子看不懂。”

“没关系，是我要看曲目表。”

“啊？”店员吃了一惊。

“但不是买给您儿子的八音盒吗？”

“是没错，但要这孩子自己选曲实在有些困难，所以由我代选吧。”

“哦，是这样啊。”

看到店员皱了皱眉，美咲不禁有些生气。她觉得店员像是在指责自己不顾孩子的意愿，随意替孩子做了决定。

“不如让我来挑选一首合适的乐曲吧。不知您意下如何？”店员试探地问道。

这么说来，美咲想起宣传单上确实写了有这项服务。可她心里并不情愿。

虽说对方是专卖店的店员，但又怎么可能比作为母亲的自己更能挑选出适合悠人的乐曲呢？

“请问乐曲是怎么挑选的呢？”美咲追问道。

“这个嘛……与其说是挑选……”店员一本正经地答道，“不如说是听到客人心中流淌的乐曲，然后用那个制成八音盒。”

美咲完全听不懂这话是什么意思，对方却毫不在意地探出身子继续说道："其实这是本店最受欢迎的制作方式，迄今为止有很多顾客因此买到了满意的八音盒。"

美咲依旧沉默着。能听见客人心中流淌的乐曲，这一听就是骗人的吧。美咲觉得这家店十分可疑，说不定会开天价敲诈自己。

"您意下如何？要试试吗？"

"一定很贵吧？"美咲想要委婉地拒绝，可店员却连连摇头。

"一点儿都不贵。这是本店最为推荐的定制方式，价格方面我也会尽可能地选不贵的商品。"

美咲询了价，发现确实和现成的商品价格差不多。店员说如果不满意的话还可以退货。

"那就麻烦你定制一个吧。"美咲倒不是接受了店员的说法，她是注意到了担心地盯着自己和店员的悠人，所以不想再继续这段对话了。

"感谢惠顾。"店员低头致谢，"那就请您耐心等待一段时日了。"

店员这话不是对着美咲，而是对悠人说的。他从桌子的抽屉里取出一张便笺。

♫

从八音盒店出来，美咲又牵着悠人的手漫步在运河边的石子小路上。

以前这条面朝大海的街道海运业十分兴隆。虽然已没有了往日的繁荣，但海港附近一带还是依稀留存着过去的影子。纵观这条街道的运河两岸，充满异国情调的建筑物鳞次栉比，其中不乏保留了建筑物的外观，只对内部进行改装后营业的店铺。那家八音盒店也是如此。充满情调的水乡风情和新鲜的海鲜都成为了这个城市的观光资源。海港周边也有不少专门招揽游客的土特产店和饮食店。

但是，当地人如果不是有什么特别的事情是不会特地到这儿来的。美咲也不例外。这条街道和港口之间隔着一个车站，美咲这周两次从车站那头的丘陵住宅区来到这里，上一次这么做可能追溯到一年前了吧。

美咲是在悠人两岁半的时候发现他失聪的。之后的一年里美咲经常带悠人去专门教室。悠人这种先天性的听觉障碍，医生建议进行手术治疗，而且越早越好，最晚也不要超过四岁。悠人还有半年不到就要满四岁了。

美咲感觉自己的手被拉了拉，她回过神来。

本该和她并排行走的悠人，此时已站在她前面半步的地方。大概是美咲在神思恍惚间放慢了步调。

“抱歉，抱歉。”

悠人轻轻摇了摇头，转过头去。日常生活中使用的简单的语言，美咲都不用手语而是通过唇语与表情和悠人交流。

转过街角就看不见运河了。道路尽头是一片修剪整齐的小草坪，悠人加快了脚步。

可能是因为既没有供人稍坐片刻的长椅，也没有孩子们喜欢的游乐设施，所以除了偶尔有几个游客以外，草坪上几乎不见人影。美咲一放开手，悠人就直直地朝草坪飞奔过去。

引起悠人注意的不是草坪，而是铺在草坪上的铁轨。那不是装饰品，是之前使用过的旧轨道，现在已经废弃了，铺在这儿作为步道的起点。

悠人蹦蹦跳跳地走在铁轨上。有一次悠人偶然经过这里就喜欢上了这条铁轨，此后放学回家就一定要绕到这里来。

步道延伸到了草坪外，两侧竖起了栅栏以防车辆入内。铁轨离草坪也就两三米远，沿着铁轨往前走，两边的杂草也逐渐变高。大块的石头零乱地散落着，地面坑坑洼洼的。

一开始美咲还很担心悠人摔倒，一边跌跌撞撞地追着悠人跑一边还要注意自己不被绊倒。这样也好，注意力全集中在脚上就没空想其他事情了。美咲不经意地抬起头环顾四周，习习凉风拂过铁轨，仿佛也吹进了自己心里，十分惬意。

这地方可真是冷清啊，美咲心想。这个岔口再也不会有汽笛鸣响，这条铁轨上再也不会有列车驶过。这里是一个失去了声音的地方。

悠人突然停下了脚步，站在原地一动不动地观察着铁轨边茂密的野草。美咲走到悠人身边，悠人转过头来看着她。

悠人漆黑的大眼睛里映着微笑的美咲。难过的时候就用微笑来回应，这是美咲的习惯。

"回家吧。"美咲张大嘴巴缓慢地说道，尽量把每一个音节都发得很清晰。

不能哭，不能让悠人担心。美咲心想，他的耳朵听不见，只能依靠眼睛来认识这个世界。所以我不能让他看见我难过的样子，还要欺骗他说我没事。

"下周再来吧。"接着美咲用手语比划道：到时候来取八音盒。

美咲带着悠人在附近的超市买完东西后就回家了。美咲做饭的时候，悠人听话地一个人玩着玩具。吃完饭哄悠人睡觉的时候，阳太回来了。

阳太换完衣服后先去卧室看了看睡着的儿子，接着来到客厅。好不容易才哄悠人睡着，你却老是大手大脚地开门关门。要是以前，美咲经常会这么抱怨阳太。

她把饭菜简单热了一下，从冰箱里拿出一罐发泡酒。

“今天特殊教室的情况怎么样？”阳太坐在餐桌边习惯性地问道。

“跟平时差不多。”

特殊教室里都是一些失聪的孩子，悠人在这些孩子里算是优等生。无论做什么，悠人都理解得很快，而且很守规矩，和小朋友也相处得很好。老师们也都夸悠人是个好孩子。

“悠人不要紧吧？”美咲今天又问了送悠人出来的年轻班主任。

“嗯，今天悠人也表现得很好。”班主任爽朗地回答道，“不用担心，没有任何问题。”

悠人所在的三岁班里，除了和普通幼儿园一样教孩子们画画、玩游戏以外，还教手语和识字。家长们则在别的教室里一起学习手语。有时候学校还会举办专家的演讲和咨询会。

虽然没有规定必须参加，但美咲每次都去。能和遭遇相同的妈妈们交流让美咲觉得安心。大家交流的内容有时会让美咲特别沮丧，可她会在穿过走廊来到悠人的门口前调整好情绪，让自己的脸上露出微笑。去接自己孩子的时候，每个妈妈都是这样。大家的脸上都洋溢着安详的笑容，和刚刚在咨询室里悲伤的自己判若两人。大家都想让自己的儿女看见自己的笑容。

“回来的路上我给悠人买了八音盒。”

“八音盒？给悠人买的？”阳太放下了手中的酒罐，不解地问道。

美咲赶紧补充道：“可能是觉得机器转动起来很有意思吧，悠人特别喜欢八音盒。”

阳太平复了一下情绪，喃喃道：“是嘛。什么样的八音盒啊，让我看看。”

“还没做完，是定制的。”

“哦，定制的啊。”

“嗯，但是挺便宜的。”

听了美咲的话，阳太摇摇头。“不用在意价格，悠人很少有想要什么东西的时候啊。”

“下个礼拜下课后去店里取。店员说他会选一首合适的曲子。”

那么就请让我来倾听吧。

那个店员一脸严肃地说着，同时双手伸向了耳朵。美咲这才注意到他略长的头发遮住的双耳上戴着两个透明的东西。

他熟练地取下那两个透明的东西放在桌子的一角，发出了“喀啦”的声响。

美咲一边告诉自己目不转睛地盯着看太不礼貌了，一边又无法从那两个透明的小东西上挪开视线。美咲心想，那东西形状看上去像是助听器，但这也太奇怪了吧，他明明说要“倾听”悠人心中流淌的乐曲啊。如果那是助听器的话，为了听到声音应该戴着它们而不是把它们摘下来吧。

店员没有注意到美咲的视线，他翻开了桌上的五线谱便笺，拿着笔盯着悠人的脸看了好一会儿后闭上了眼睛。美咲目瞪口呆地看着店员做完了这些颇具喜剧效果的动作。

不知道是过了几秒还是几十秒，店员始终闭着眼睛。只见他突然睁开眼睛，在五线谱上奋笔疾书起来。

店员像是被什么东西驱赶着似的，跟之前悠然自得的样子判若两人。美咲被他的气势所震撼，只是静静地看着。悠人更是一动不动，神情认真地盯着店员。

不一会儿的工夫店员就写满了一页纸，随即“啪塔”一声合上了便笺。他若无其事地把透明的东西戴回耳朵上，并告诉美咲他们下周一可以来取八音盒，到时候再付款。

美咲不知道那个店员到底是不是真的能听见别人心中的乐曲，但是仔细想想他认真的样子，确实不像是骗人的。美咲对五线谱不熟悉，隔着桌子倒着看就更看不出来是什么曲子了。可能他也就是写了一些悠人这么大的孩子会喜欢的曲子吧。

另一方面，美咲又对做好的八音盒到底会奏出什么乐曲充满了好奇。按照店员说的，此前已经有很多顾客用这种方法定制过八音盒了。美咲也很想听一听这位店员特地为悠人挑选的歌曲。

但是阳太似乎不这么想。“你不觉得可疑吗？”

美咲有点后悔把细节都告诉了阳太，招来了他的质疑。仔细想想，阳太确实不会喜欢这种故事。

“那个店员知道悠人的听力有问题吗？”

“大概不知道吧。”

一般人知道悠人双耳失聪都会露出同情的表情，可那个店员并没有。他大概很少跟孩子接触，所以完全不知道像悠人这么大的孩子本该是最爱说话的。他可能只是觉得悠人是个沉默寡言的孩子吧。

“你早告诉他就好了，也不会发生后面那些奇怪的事了。”

“但是跟陌生人说这些……”美咲不想给陌生人添麻烦，也不想接受他们的同情。

“这是事实啊。”阳太的声音已经不像刚刚那么生气，他像对孩子解释似的淡淡地说道，“虽说不满意可以退货，可这对悠人来说有意义吗？悠人根本连声音都听不到，还谈什么满意不满意呢？”

阳太说得对，他总是对的。阳太总说我们要全力守护失聪的儿子，要直面现实，但不用卑躬屈膝，而是要堂堂正正地主张弱者的权利。这是我们作为父母要承担的责任。

“已经买了就算了，悠人开心是最重要的。”阳太中断了谈话。他一边站起身一边喃喃自语：“还是手术治疗比较好吧？”

最近只要两人聊到悠人，话题最终都会绕到手术上去。阳太认为应该尽量让悠人接受手术治疗，提高治愈的可能性。

美咲心里当然也是这么想的，她打从心底里希望治好悠人。可一想到那是需要全身麻醉的大手术，她又犹豫了。要在悠人小小的脑袋上进行开颅手术，美咲光是想想就觉得心痛。与其冒着可能丧命的风险接受手术，还不如像现在这样使用手语和性能优异的助听器。所幸悠人很早就能理解手语，也很擅长通过观察嘴唇的动作和表情来读懂对方的意思。现在并没有发现悠人在与人交流上有什么障碍。

看着美咲犹豫不决，阳太也没有急躁。他很尊重美咲的意见，因为美咲和悠人相处时间最长。这是阳太的真心话，他是个直爽的人，有时候甚至会控制不住自己的情绪。

在学校里认识的听力有障碍的孩子的父母，关于手术也是态度各异。既有下定决心接受手术治疗的肯定派，也有犹豫不决地在旁观望的慎重派。

各种各样的人有各种各样的说法。就说美咲自己吧，作为母亲的她也和作为父亲的阳太意见相左。

美咲的母亲经常鼓励她，这并不是谁的错，要接受孩子原来的样子，要为自己的孩子感到骄傲。美咲的哥哥家中境况也很糟糕，但不也努力克服过来了吗？

美咲的哥哥有一个独生女，从小就十分多动，令全家都很头疼。偶尔见到他们一家人的时候，比起侄女，嫂子的样子更让美咲担心。生完孩子以后，满脸愁容的嫂子和之前优雅温柔的她简直判若两人，教育起孩子来更是歇斯底里。只要女儿哭闹着在地上打滚，即使当着美咲他们的面，嫂子也会冷冷地斥责女儿，有时候甚至会出手打孩子。母亲告诉美咲，嫂子总是怀疑女儿是不是有智力障碍，因此带着女儿四处检查。可当检查结果显示一切正常时，嫂子却质疑是不是医生搞错了，她觉得自己的女儿肯定有些不正常。

侄女上了幼儿园以后突然就不闹腾了。去年她已经上小学了，还当上了年级干部。现在母女俩的关系也十分亲密。美咲的哥哥经常感叹地说："跟女儿能说得通道理了，真是太好了。"能不能切切实实地听见对方物理上的声音和能不能正确理解对方话里的意思，这是两码事。

虽说情况已经好转了，可一年前嫂子见到乖巧的悠人，还是露出了羡慕的神色。

2

星期一悠人放学后，美咲一如既往地带着他沿着河堤散步。要绕道去那片有旧铁轨的草坪有很多条路可以选，美咲选了一条不会经过那家八音盒店的路。

阳太说得对，为什么要买那样的东西呢？那个店员肯定会把做好的八音盒递给悠人或者自己转动发条，自信满满地让悠人听。听了一会儿后，他肯定会问悠人觉得怎么样。

悠人无法回答。这一次，美咲也无法替他回答。

不如打个电话取消订单吧，既然能退货，那取消订单应该也没什么问题吧。但是现在想想，美咲连那家店的店名都不知道，也没有取货单之类的东西，店员也没有问美咲的姓名和联系方式。那时候自己神思恍惚，也没有觉得有什么可疑，但是那确实是一家随意过头的奇怪的店。可不管怎么说也是自己这头毫无理由地出尔反尔，所以美咲还是觉得哪天自己一个人前去。到时候就跟店员道歉，说出了些状况，不需要八音盒了。

悠人牵着美咲的手漫步走着，有时候左顾右盼地看看河面上掠过的海鸥和疾驰而过的自行车。

悠人不知道还记不记得那家店。当时一出店门，悠人也和美咲一样觉得茫然，之后的几天里也没听他说起关于八音盒的话题。可能他根本没意识到妈妈给他买了那个“玩具”吧，毕竟没有当场带走商品，连钱都没付。也许悠人只是觉得见识了一些稀奇的机械吧。

和往常一样，草坪上空无一人。悠人松开了美咲的手，快步向铁轨走去。

站在步道口还没踏进草坪的时候，悠人和平时并没有什么不同。正当美咲以为他会像平时一样走到铁轨上去的时候，悠人却出乎她意料地停下了脚步。

“这是怎么了？”美咲自言自语道。悠人没有回头。即便是一般人，对于从背后传来的声音无动于衷也很正常，可美咲却觉得胸口一阵难受。

“悠人。”美咲走上前去拍拍悠人的肩膀，却听见不知从哪里传来一阵声音。

是歌声。美咲伸长脖子眺望铁轨的前方。远处有两个人影，可以看出是一个孩子和一个大人。

看上去像是一对母女，她们牵在一起的手有节奏地前后摇晃，正朝着美咲他们的方向走来。她们唱的是一首美咲没听过的童谣似的单调的歌曲。母亲的声音高亢清澈，孩子用更高的音调和着母亲的声音。

母亲穿着宽松的水蓝色连衣裙，看上去比美咲还年轻几岁。女儿也穿着颜色和款式类似的连衣裙，身形和悠人差不多。她一步一步地踩着枕木，裙摆前后摆动。在离美咲他们还有几米远的地方，她们唱出了最后一个绵长的音符，结束了歌唱。倒不是她们觉得在美咲这对陌生母子面前唱歌不好意思，只是歌曲正好唱完了而已。母女俩满足地看着对方，轻轻地笑了。

小女孩不像是要停下脚步的样子，美咲伸手想从背后把悠人抱起来，否则小女孩要撞到悠人了。

还没等美咲碰到悠人，他已经自己走到了铁轨旁，给小女孩让出了路。

“你好。”擦肩而过的时候，那位母亲愉快地打招呼道。

美咲没来得及回礼，只能目送这对母女离开。两人的脚步声渐渐远去，美咲蹲下来看着悠人的脸。“悠人，没事儿吧？”

悠人淡淡地微笑着，他最近经常露出这样的表情。

悠人是个聪明的孩子，他应该已经发现自己和那个小女孩的不同之处了。在美咲看来，悠人的微笑表示他已经平静、乐观地接受了这些不同，既没有愤怒也没有悔恨，可能他已经放弃了吧。

美咲双膝跪地抱住了悠人。

各种各样的人说着各种各样的话。

学校的老师说，悠人是个好孩子，完全没有问题。听见儿子被表扬，美咲当然很高兴，她也很感谢对她们母子都关照有加的老师们。

可是有时她真想放声大喊，想质问看上去人很好的年轻班主任。悠人真的没有任何问题吗？我真的不用担心吗？你真是这么想的吗？

嫂子曾经对美咲说，再辛苦也总会有回报的。看着被开朗的嫂子宠爱着的侄女，美咲难以想象这对母女间曾经宛如地狱般的状况。

但是美咲心里还是很难受，看着嫂子曾经几近疯狂地对待自己的孩子，美咲害怕自己将来也会变成这个样子，她为自己的胆怯感到羞耻。美咲觉得悠人会变成现在这样，一定是对自己胡思乱想的惩罚，可这惩罚为什么不降临到自己身上呢？

母亲总说这不是美咲的错，阳太也这么认为，他总是让美咲不要过分自责。

但是，美咲总是在心里暗想，是自己没能为阳太生下听觉健全的孩子。

“悠人，对不起。”美咲想对悠人说，没关系，有妈妈在呢，妈妈会一直在你身边守护你的。但是她的声音却无法传递给悠人，即便她喊破了嗓子也只能引起空气的震动，却永远无法传递到重要的地方。要如何才能把自己的心情传递给这个孩子呢？

被美咲紧紧箍在怀里的悠人，难受地扭动着身子。美咲赶紧松手，她深吸了一口气又呼出，眼眶有些发热。悠人不解地皱着眉头看着美咲。

美咲深呼吸了三次，这才平静下来。她动了动哽咽的喉头，扬起嘴角。“让你久等了。我们走吧。”

美咲迈开步子朝前走去，却发现悠人犹豫地拉着她的裙角。

“今天就玩到这儿。我们回家吧？”

悠人摇了摇头，右手握成小拳头在胸前画圈。

他没忘记八音盒啊。

“好吧，我们去取吧。”悠人的手一个劲地画着圈圈，直到美咲说出这句，他才停了下来。

店里和上周一样，出奇地安静。

“欢迎光临。我正等着您来呢。”店员好像记得美咲他们，微笑着说道。里面的桌边已经摆好了两把椅子。“请坐。”

店员的态度十分热情，美咲和悠人向他点头致谢。他们并没有和店员约好什么时候来，可他却准备得如此周到。

“我听到了二位的脚步声。”店员仿佛能看穿美咲的内心。

他可能就喜欢开这样的玩笑吧。美咲想起了上次看见的他耳朵上的透明器械，一时不知如何作答。

店员却兀自说了下去："咖啡马上就好了，小朋友就喝果汁吧。"

他话音刚落，就听见店门上的铃铛"咣啷啷"地响了起来，走进来的是一个系着白色围裙、留着娃娃头的年轻女孩。她两手端着银色的托盘，上面放着两只配有白色杯碟的咖啡杯和一个装满黄色果汁的玻璃杯。咖啡飘散出香味，悠人也扇动鼻翼闻了闻，眼睛一直盯着慢慢走近的女孩子。

女孩把纸巾、杯垫以及三个人的饮料放到桌上，然后鞠了一躬就走了。

"我一直从对面的咖啡店点咖啡喝，自己不太擅长冲咖啡。"

虽说如此，但他确实准备得很周到。可能并不是真的听见了客人的脚步声，而是看见了客人走过来的身影就立刻点了饮料让对面的咖啡店送过来。咖啡香气浓郁，看得出这不是用来装样子的，而是精心冲泡的。

美咲喝了一口，更确信了自己的猜测。"真好喝啊。"

"是吧？对面的咖啡可是极品呢。"店员高兴地说道。他没有悠然地品尝咖啡，而是轻轻呷了一口就放下了杯子，恢复了平时的站姿。“那么，我们就来听听八音盒吧？”

店员身体前倾、目光灼灼的样子，和悠人把在教室画的画或是采来的花束给美咲看时的神情一模一样。

美咲看了看身边的悠人。摇晃着双腿喝着果汁的悠人轻轻点了点向前探出的小脑袋。

“请看。”店员从桌子底下拿出一个蓝色的小盒子放在悠人面前，“您试试吧。”

悠人伸出手拿过盒子打开，他的目光落在盒子里的机器上，手指抓住纤细的手柄转动起来。

流淌出的乐曲是《摇篮曲》。

旋律时快时慢，断断续续，过了一会儿节奏终于稳定下来了。美咲呆呆地听着这质朴的音色。

婴儿时期的悠人很少哭闹，可是却很不容易哄睡。他仿佛是下定了决心不错过这个世上发生的每一件事，总是睁着大大的眼睛不肯入睡。在发现悠人失聪前，美咲总是唱摇篮曲哄他入睡。有时美咲是把悠人抱在怀里边摇边唱，有时是让悠人躺在床上，边唱边轻轻拍着他的肚子。

我的声音传递到了这个孩子心里。

美咲盯着眼前这个蓝色的盒子，慢慢地摇着手柄的悠人的手也渐渐变得模糊起来。美咲赶紧拿起纸巾按在眼睛上。

八音盒的声音戛然而止。

薄薄的纸巾很快就湿透了，美咲又从口袋里拿出手帕。她不停地擦拭着眼泪，而悠人的小手则生疏地轻拍着她的背。

这孩子会的东西比我想象得多啊，美咲心想，就好像有谁教过他有人哭的时候就轻轻拍拍他的背。

我总是想待在悠人身边，无论发生什么事都想保护他。但事实却正好相反。是悠人一直待在我的身边守护着我啊。想到这些，美咲流着泪露出了微笑。

“对不起。”不能哭，因为悠人不会明白这次哭泣不是因为悲伤而是因为喜悦。即便如此，美咲也想把现在的心情传达给悠人。“谢谢你。”

原本神情紧张地看着美咲的悠人，这才露出了放松的表情。

美咲的耳中、心中都回荡着安详的摇篮曲。被这柔和的音色包围着，不知何时泪水也已停止了。

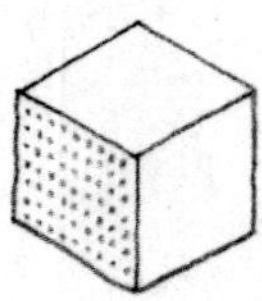

哼唱

Episode 02

那个扁平的圆盘由半透明的光滑的厚玻璃制成，宛如覆盖着乳白色的晨雾。盘子的直径大约三十厘米，单手拿起来有点重。盘面上金色和绿色相间的藤蔓缠绕在一起，仔细一看有两只小鸟栖息在叶间，所以梨香管它叫“小鸟盘”。

“让您久等了。”

顺平正在摆满了类似餐盘的柜子前看得出神，听见背后传来的声音后他转过头来。

“很抱歉，您要找的盘子已经停产了。”中年女性店员好像犯了什么无法挽回的错误似的，深深地低下了头。

这么一来让顺平也有些不好意思。“抱歉，麻烦你了。”

顺平并不是特意来找那个盘子的。店员很热心地跟他搭话，让他想起了两年前的情景，所以就试着问了问还有没有那个盘子。

“店里还有一些同一系列的大盘子，但是设计上稍微有点不同。我拿商品目录给您看看吧。”店员的红唇泛着光泽，她不等顺平拒绝就站了起来，“请您稍等。”

店员再次走开后，有好几对客人从顺平身边经过。现在是盂兰盆节，所以店里的很多客人都是带着家人来逛的，既有年轻男女也有老年夫妇，竟然还有小孩子在这家卖易碎品的商店里嬉闹着跑来跑去。

那个盘子被摔碎的时候，梨香并没有生气，只是表情微妙地说了句“有形的东西总是会破裂的”。

“有形的东西总是会破裂的。”这句话最近总是在顺平的脑海里挥之不去。

♪

总算摆脱了难缠的店员，顺平急忙走出店门。他沿着运河河堤漫无目的地走着，可能是因为天空中漂浮着灰色的云，总感觉这里比东京要凉快一些，但是河边还是很闷热。

石子小路的两旁、运河的对岸都是古典的欧式建筑。其中有看上去早已废弃的上了锁的屋子，也有将内部改装后开着灯正在营业的小店。零零散散的游客有在运河的桥上拍照的，有拿着导览手册在和同行的人商量的，每个人看上去都很快乐。

每次遇到分叉的路口，顺平都会选人比较少的那条。渐渐地周围已经没什么人影了。

顺平站在桥底下望着运河，暗淡的河面上倒映着一张阴郁的严肃面孔，正随着水波荡漾。他抬头重新看看四周——这个地方像是第一次来这里，但记忆中又好像来过。

“阿顺，你怎么从来不记店名和路名啊？”

两人一起出去的时候，梨香总是很厌烦。因为不管是在杂志上看到过的咖啡店，还是约了下次再来的唱片店，顺平一个也记不住。

“你真是一点都不上心啊。”

“因为没什么必要啊。”

所有的路梨香都记得，要不然就会当场查清楚。

“又来了！阿顺的特技——推卸责任。你偶尔也认真想想行吗？”

可能是因为年长四岁的缘故，梨香经常会对顺平“说教”。而且无论什么事情梨香也都会毫不犹豫地做决定，根本就轮不到顺平出主意。当然了，这些话顺平从来没有对梨香说过。

“跟我在一起的时候也就罢了，你一个人的时候可就麻烦了。”

“没事儿，我一个人的时候挺好的。”

顺平这么说并不是在敷衍。不管是大学时代还是在公司工作，顺平都很可靠，也很努力。上司和同僚从来都没有指责过顺平只靠自己就什么也做不成，甚至经常表扬他有着超越年龄的成熟。

“只要我肯去做就能做好。”

梨香耸耸肩表示怀疑。

其实梨香心里说不定也是认同的。因为她说的话和做的事相互矛盾啊——明明一脸什么都知道的表情说着“你一个人的时候可就麻烦了”，可现在却又丢下顺平一个人。

梨香提出要回趟老家是一个月前的事情。

周六两个人都休息在家。吃完晚饭，顺平躺倒在沙发上看足球比赛。

“盂兰盆节？”顺平边看着屏幕边问道。他心想，这很少见啊。

他们一起生活以来，梨香几乎没有回过老家，过年回去也只是待一天就回来了。

梨香不喜欢自己的家乡，只有山、海和田地，是地地道道的乡下，镇上的居民每个人都互相认识。这是从出生以来就没有远离过东京近郊的顺平无法想象的。

顺平也从来没有去梨香家拜访过她的父母。当初两人打算同居的时候，顺平想过要去梨香家里拜访一下，但梨香说又不是要结婚了，特地去一趟太麻烦了，结果就没去。

“嗯，总之我决定回去一趟。”

“回去一趟？”顺平过了几秒才反应过来。

他直起身，看见梨香像个小孩一样双手抱膝坐着。“你这话是什么意思？”

电视机里不知道哪个队得分了，欢声雷动。

“就是这个意思啊。”

不知道梨香现在怎么样了，相亲结束了吗？相亲对象是一个人还是好几个人呢？自己没细问，所以也不清楚情况。

梨香说起要回家以后的这一个月里，顺平极尽努力地要哄她高兴。首先，每次吵架顺平都像往常一样先道歉，但是梨香的反应却跟平常不太一样。她既不像往常一样开玩笑说要分手，也不会一边叫顺平不必道歉，一边自己越说越来劲，而是一味地沉默以对。

为了进一步表现反省的态度，顺平会夸奖梨香做的晚饭好吃，吃完后还抢着去洗碗，不是轮到自己打扫的日子也会主动打扫。而梨香只是说一些“谢谢”“帮了大忙了”之类的客套话，和平时吵架后的样子完全不同。顺平这才恍然大悟，这次拿平时吵架后哄梨香的方法是不行的了。

所以，顺平计划了一场旅行，目的地就是他们第一次一起去旅行的地方。当时他们就很喜欢那个地方，还说一定要再来。但是一直没有机会，也就作罢了。

老实说，要不是出了这次的事情，顺平早把这个地方给忘了。他为了让梨香回心转意绞尽脑汁，勾起了曾经一起去旅行的愉快回忆，这才给了顺平启发。

“盂兰盆节我们一起去那个地方吧！”顺平决定赌一把，向梨香发出了邀请，“机票和住宿我都会准备好的，梨香只要跟着我去就行了。”

“我考虑一下。”

听到梨香这么说，顺平就放心了。因为梨香性格率直，如果不愿意去，她会当场拒绝的。

顺平没想到，临到行前梨香会突然变卦，万分抱歉地跟他说自己去不了了。

“我去不了了，机票我会自己取消的，钱也由我来付。”

顺平茫然地看着梨香，他有千言万语想对她说。——“为什么去不了了？”“再考虑一下吧！”“不是去不了了，是不想去吧？”“话说你怎么突然要去相亲啊？”

但顺平一句也没有问，只是淡淡地说了句“这样啊”。

这场赌博是顺平输了。不如把自己的机票和酒店预约也取消吧。但是他一想到好不容易有五天的假期，却要在没有梨香的公寓里孤独地度过，还不如离开酷热的东京，去北边的小镇放松一下。

但是顺平错了。不是所有在旅途上的人心情都能得到放松的。无论人在哪里，他的脑子里都思考着同样的事情。

他拐进了远离运河的一条小路，一间小店出现在眼前。站在橱窗前看了一会儿后，顺平推开了店门，门铃发出了清脆的声音。店里一个顾客都没有，连店员的人影都看不见。大厅里的灯也没开，难道今天不营业？但是店门却没上锁。从橱窗里透进来的光照在足有一面墙那么大的架子上，顺平凑近一看，发现上面整整齐齐地陈列着大小不一、箱体透明的八音盒。

“欢迎光临。”听到一声满不在乎的招呼声后，顺平收回了伸向柜子的手。

店内摆放的一张桌子旁，站着一个穿黑色围裙的男子。他是从身后的那扇门里走出来的吧。想起餐具店里那个难缠的店员，顺平不禁心生戒备。

“您请慢慢看。”

和顺平想象的正相反，店员漫不经心地说完这句话后就再也没有上前来。这个店员看上去没什么干劲，背影看上去高高瘦瘦的，很是单薄，远观不像个人，倒像是店里的一个摆设，和店里的氛围完全融为了一体。

顺平松了一口气，视线转到了柜子上。箱体侧面贴着的小纸条上用细细的字体印着歌曲名和歌手名——有昭和年代的歌谣，有好莱坞电影的主题曲，也有流行偶像的歌；有童谣也有演歌[1]，有披头士也有美空云雀，有肖邦的乐曲也有动漫歌曲。

---

1 日本特有的一种音乐形式，是日本古典艺能和现代流行音乐的过渡。后文的美空云雀即为日本演歌歌手。

就像梨香哼唱的歌曲一样啊，顺平心想。梨香很喜欢音乐，她经常哼唱脑海里浮现的乐曲，乐曲的类型多种多样，也没有什么规律性。

♪

顺平和梨香的邂逅也是因为音乐。大四的暑假，顺平去了北陆的露天音乐节。同年级的好朋友特别喜欢国外的音乐，邀请顺平一起去了音乐节。当时顺平刚刚找好工作，所以有很多空闲时间。

音乐节的场地由一个滑雪场改造而成，搭建了好几个舞台，有很多海外的知名音乐人和日本的人气乐队前来演出。好几个舞台的演出是同时进行的，顺平的朋友为了多听一些喜欢的演奏，事先做了周密的计划。

顺平本来就是陪朋友来的，在好几个舞台间来来回回了几次，就因为拥挤以及酷热难当而放弃了。他和朋友约好傍晚集合，随后就离开了引人注目的主舞台，在场地内各处的简易舞台间闲逛。这些舞台上演出的多是一些没什么名气的新晋乐队，观众也比较放松。晴空万里的草坪上，有不少举家前来的人甚至打开便当吃了起来，就像是来野餐的。

顺平正打算去商店买啤酒，一阵悲伤的吉他声随风飘进了他的耳朵。一个跟这边差不多的舞台边人头攒动，很是热闹。正在演奏的是本地的年轻人组成的独立乐队。顺平当时并不知道他们的新歌登上了电台的热门歌曲榜而且出道在即，所以歌迷都很热情。朴素的吉他和着如私语般的女主唱的声音，让舞台周围聚集起越来越多的观众。

第二首歌结束的时候，顺平觉得右脚的脚指甲一阵剧痛。

“啊！”

前面那个站不太稳的人听见顺平的惨叫，一脸迷茫转过身来。顺平还以为是个魁梧的壮汉，没想到是个身材娇小的女性。这一脚怕是用了全身的力气踩下来的吧。

女子连忙道歉，还留下了联系方式。顺平这才知道她叫梨香。如果角色互换，可能就什么都不会发生了吧。如果是梨香的脚被踩了，她不会问这么不当心的男人要联系方式的。顺平肯定也急于平息事态，一定不会注意到梨香可爱的长相。

回到东京几天后，顺平收到了梨香的短信：脚怎么样了？接下来他们就顺其自然地聊了起来。一个月后，两人开始了交往，交往半年后，顺平开始工作了。

顺平上班的地方是一家汽车制造商的专卖店，正巧和梨香工作的保育院在一个街区。他们每周都会在下班后约会一两次。到了第二年，顺平疲于天天从自己家里赶到市中心上班，梨香的室友也正好要结婚了。于是梨香就邀请顺平来同住，顺平也欣然接受了。他们相识四年，同居也有两年半了，一切都挺顺利的。一切明明应该都挺顺利的啊。

“那里陈列的只是一小部分。”

突然听到声音，顺平被吓了一跳。那个店员不知道什么时候已经站在了他身边。

“也可以按照每个客人不同的要求来定制。”

顺平发现自己已经不知不觉在找那个乐队的名字了。那只是个四年前出了一首热门歌曲就销声匿迹的独立乐队，他们的歌不可能被制成八音盒的。

“什么样的歌曲都可以。”店员又补充了一句。

顺平飞也似的逃出了八音盒店，慌慌张张地找到了来时的方向，朝那条路走去。

道路越来越宽，车辆和行人也多了起来。不知不觉来到了全是观光客的街道，大大小小的店鳞次栉比，有卖土特产的，有卖海鲜的，还有咖啡店和餐馆。顺平看见了路口斜对面的西点店的招牌，他穿过马路走过去。

“找到了！就是这儿！”和尖叫着的女孩牵着手的

是一个和顺平差不多大的男孩。

西点店的自动门大开着，顺平走了进去。店内漂浮着甜腻的香味，一楼的卖场陈列着贩卖的糕饼和点心，好几个穿着粉色围裙的店员站在柜台前。在一楼买好喜欢的蛋糕后，可以端到二楼去享用。

这家店两年前顺平和梨香也来过，而且他们还在这个柜台前为了很小的事情发生过争执。当时梨香不知道该选这家店的招牌舒芙蕾芝士蛋糕还是限时贩卖的芒果蛋挞。

犹豫间她向顺平征求意见。“选哪个好啊？”

“选哪个都行吧。”已经等得不耐烦的顺平随口答道。听到这个回答后，梨香的脸色一下子变得很难看。

顺平发觉情况不妙，赶紧补充道：“如果实在选不出来，要不就两个都尝尝？”

“这也太浪费了吧。”梨香的脸色更难看了。

顺平不明白，自己明明是在为梨香考虑，为什么她却生气了呢？

“阿顺总是这样，什么事情都不认真想一想。”

结果他们没吃蛋糕就走了。

现在回想起来，两年前的旅行也不全是高兴的事情。不光是蛋糕，梨香觉得“浪费”的东西还有很多。运河上的观光船、历史街道上提供向导服务的人力车，都不合梨香的意。晚饭顺平提议去吃顿好的，但是比起寿司店梨香更想去小酒馆。顺平刚刚入住的面朝运河的历史悠久的酒店，梨香来的话肯定不会选这家的吧。

顺平也不是穷奢极侈的人。他也不是特别想坐人力车，但好不容易来一趟，总想尝试一些特别的东西。但是对梨香来说，节俭不是抠门，而是认真思考的证明。

以前顺平预感到如果敷衍了事的话，梨香肯定会勃然大怒，所以不管三七二十一先问一句“什么”。以后，他一定会认真回答梨香的问题。

“选哪个好啊？”刚才那对男女凑在柜台前商量着。

“我选芝士蛋糕还是选蓝莓蛋挞呢？”

“两个都尝尝呗。”

“两个太多了，很浪费啊。”

顺平竖起耳朵听后面的对话。

“难得来一趟，就要两个吧。”

“不行，总感觉不选一个就对不起蛋糕。”

“什么嘛，什么叫‘对不起蛋糕’啊。”

男子随口吐出这么一句，女子立马就把脸别过去了。加油啊！顺平心想。

“好了好了。”男子揽过女子的肩膀，“那你就选芝士蛋糕吧，我选蓝莓蛋挞。我们一人一半。”

“太好了！谢谢！”

目送着他们走上楼去，顺平觉得自己像个傻瓜。他走到柜台前，点了一个芝士蛋糕和一个蓝莓蛋挞。

观光船缓慢地行驶在运河上，甲板上都是成双成对的男男女女。甲板中间有一张长椅，可大家都站在栏杆边上，观赏着两岸的景色。

顺平右边是一对看上去像中学生的稚气未脱的少男少女，他俩牵着手，一脸严肃地看着前方。站在顺平左边的是一对二十多岁的情侣，他们正亲密地交谈着，顾不上看两岸的风景。这对情侣对面是一对看上去宛如兄妹的中年夫妇，他们各自拿着单反相机在拍照。

船尾处站着一对白发苍苍的老夫妇，两人如枯木般纤细的手腕挽在一起，另一只手则扶着栏杆。与其说他们挽着手是为了证明自己的爱情不输年轻人，倒不如说是因为彼此扶持着站得更稳。为彼此的安全着想，也是爱的一种表现。

站在这里的老老少少，他们都在认真思考将来的事吗？还是早就已经思考过了？

最近这一年里，经常从梨香的口中听到“将来”这个词。这和那些将近三十岁的女孩一有机会就不安地说什么“最后的二十几岁的时光”是一个道理。

可能是因为梨香快到三十岁了，男朋友又比自己小，她经常感叹顺平靠不住。顺平虽说有时候有些靠不住，可他也没有靠梨香养活。他有稳定的工作，房租和生活费也是和梨香各自承担一半。如果有加班费或者奖金，他也常请梨香出去吃饭。经常有人讽刺说现在的男人都没什么男子气概和生活能力，可顺平觉得自己比很多人都强。

“我才二十五岁啊。”有一次顺平回嘴道。

这个年纪的人通常来说根本就不会考虑将来的事。

“马上就要二十六岁了啊，四舍五入就算三十岁了。”梨香不服气地反驳道。

“干吗要四舍五入啊？”

“方便啊。算起来也和我差不多大吧。”梨香说这句话的时候还笑道，“一样大，一样大。”

她还配上了奇怪的调子唱了起来。梨香喜欢把什么都编成歌来唱。一边因为自己比顺平大就装着很成熟的样子，一边又有这种像孩子气似的可爱的一面。

看梨香的心情平静下来后，顺平有些得寸进尺。关于年龄的话题早该结束的，可顺平却没有打住。

“二十六岁和三十岁可是完全不一样的。”

“我知道啊。”

看见梨香的脸上笼上了一层阴云，顺平更着急了。

“我是不介意的。梨香看上去很年轻，皮肤也很好……”

这并不是安慰，顺平心里真的是这么想的，他从来没有在意过梨香的年龄。

上个月梨香三十岁了。满三十岁的当天，梨香什么也没说。迟钝的顺平还以为终于能松一口气了，可能自己真的像梨香说的那样太随意了吧。

“快看！海鸥！”左边的女子指着斜上方说道。

顺平也抬起了头。两只羽翼丰满的海鸥优雅地在空中飞翔。

不去想了吧，顺平心想。这是梨香的问题，一切都由梨香自己决定。自己现在在这里烦恼也无济于事，能努力的都努力过了，剩下的就只能等梨香来做决定了。

“快看！”这回是右边的中学生甩着马尾辫跟同伴说道。又是海鸥啊。朝着她手指的方向看去，顺平不禁屏住了呼吸。

横亘在运河拐角处的港口上空笼罩着一片乌云，乌云中间有一条裂缝，白色的阳光透过这条缝隙直射在水面上。

要是梨香也来了该有多好啊。要是能和梨香一起看这神奇的澄净阳光该有多好啊。自己对梨香还是余情未了啊，顺平摇了摇头。是时候放弃了。他又看了看那束阳光，坚定地告诉自己：我自己一个人也没问题的！

只要自己肯去做就能做好，顺平心想。在工作上自己不也能独当一面吗？和梨香在一起的时候，什么事都是她提前计划好了，久而久之自己才会放任不管的。

趁这个机会好好享受一下独处的时光吧。芝士蛋糕和蓝莓蛋挞都很好吃。顺平的房间位于酒店顶层，到了晚上，梦幻般的运河夜景一览无余。明天去那个玻璃器皿店买点礼物吧。我要尽情享受，让梨香后悔自己没来。说不定她已经后悔了，因为之前面对不时打电话来叫她去相亲的妈妈，梨香一直都是严词拒绝后挂断了电话。

这么想着顺平觉得恢复了精神，他拿出手机找起了市区的寿司店。看着手机屏幕上色泽鲜艳的寿司照片，顺平不禁咽了咽口水。

两个小时后，落日余晖下顺平在道路深处一家关着门的店前徘徊。

门上挂着印有店名的深蓝色布帘，玻璃移门内透出淡淡的灯光，这家店应该正在营业吧？可是顺平看不清店内的情况，不好意思推门进去。他还是头一次独自来这种不是吃回转寿司的寿司店，所以心里有些没底。顺平特意避开了那些高级的餐馆和专门招揽游客的大型饭店，特地选了这家离酒店很近的寿司店。网上的评论说这是一家古色古香的名店，小而精致，很受当地人喜爱，眼前这个有些年头的店面看起来确实如此。

顺平深吸一口气，把手搭在门上。不能在这里退缩，顺平决定要像个男子汉一样堂堂正正地在吧台喝上几杯。也许自己和店主或是邻座的其他客人能聊得很投机。走错了路的行人品尝着当地的美酒佳肴，和店里的常客们聊着当地的趣闻，彼此结下一晚上的缘分。这样的场景顺平经常在旅游节目里看到。

门铃发出清脆的声音，顺平推开了比自己想象中要轻得多的移门。

店内空间比顺平想象得要大，进门右手边的吧台上有七个座位，左手边还有榻榻米的座席。放置鞋靴的石头上摆着皮鞋、女性的凉拖、孩子的运动鞋等各式各样的鞋子。

令顺平感到意外的是，虽然榻榻米座席上一片热闹，可吧台边却空无一人。顺平觉得自己一个人坐到吧台边实在尴尬，可事到如今又不好再推门离去。

身穿白色上衣的店主站在摆满食材的玻璃橱柜前，向顺平问候道："欢迎光临。请选您喜欢的座席入座。"

店主语气十分恭敬，可脸上却没有笑容。他的年纪看上去比顺平的父亲还大几岁，大概六十岁左右吧。久经日晒的脸上刻着深深的皱纹，一看就是那种沉默寡言还略有些顽固的老手艺人。

顺平小心翼翼地往前走了几步，悄悄打量着榻榻米座席。三张桌子里两张已经有人坐了，都是一家人来吃饭，桌面上很多盘子已经空了。

原来热闹的说笑声不是他们发出来的，而是来自放在高高的柜子顶端的电视机。大人和孩子松散地坐在榻榻米上，专心地看着电视里的竞猜节目。

顺平又将视线转回吧台，他不知道坐在哪个位子好，就拉开了离自己最近的椅子。一位穿着白色厨师服的女性送上了湿巾。她看起来年纪稍长，大概是店主的妻子吧。

"您请用。"她的笑容和冰凉的毛巾都令人感到舒心。顺平叫住正要走开的老板娘，点了一瓶啤酒。

瓶装啤酒很快就上来了，顺平边把啤酒倒进杯子边向店主问道："那个……"

店主双手环抱在胸前，眉间隐有皱纹，他抬头看着天花板，像是要避开客人的视线。实在是不太好搭话啊，顺平心想。

店主被顺平刚刚的话音吓了一跳，回过神来看着顺平。"您请说。"

"有握寿司[1]吗？"

"配料交给我来挑选可以吗？"

"好的。"

在点头的那一瞬间，自己又失败了，顺平心想。一听到"交给我"这样的字眼，顺平脑海里又浮现出讨厌别人推卸责任的梨香的脸。

顺平在心底暗暗苦笑。梨香又不在这儿，自己没必要觉得不安。况且这次的"交给我"也不是什么不负责任的行为，而是店里的一种套餐啊。这种套餐是指将店里推荐的菜品按适当的顺序端上来，即使是对这家店不熟悉的客人也能安心享用。顺平当然知道这些，他也和别人一起去过寿司店，比如被父母带着去啦，接待公司的客人啦。

---

1 兴起于日本江户时代。制作者用手把米饭握成一口大小，涂上一层芥末，最后铺上配料。

海胆在舌尖上溶化，肉质筋道的鱿鱼唇齿留香，鲜红的鲑鱼子在嘴里扑哧扑哧地爆开，小巧的寿司个个都很好吃。店主不是很忙，所以上菜的时间也把握得很好，每次都是顺平快吃完上一盘的时候，下一盘就端上来了。

但是店里太安静了。

除了那几家人结账离开的时候，店主会颇有威严地说一声“多谢惠顾”以外，店里就再也没有人说话了。店主默默地捏着寿司，顺平默默地吃着寿司。打破沉默的只有从榻榻米座席那边传来的电视机发出的声音。进店前想象中的在旅途中治愈人心的对话根本就没有发生。

不知不觉顺平已经吃完了十几碟寿司。吃完最后上来的鸡蛋寿司，顺平的肚子一下子就饱了。啤酒还剩将近半瓶，顺平小口啜饮着。麻利地收拾完手边的东西，店主又抬头看起了天花板。

这家店还算不错，顺平心想，没什么让自己特别失望的。本来就是为了寿司来的，美味的寿司填饱了肚子，按理说自己应该很满足才对。职人也分擅长社交的和内向的，虽说这里的店长不怎么可亲，但做寿司的水平确实一流。总感觉店主内心希望客人早点走，可能是自己的错觉吧。

“呃……”

突如其来的声音吓了顺平一跳，他抬起头，发现店主正斜着眼看着自己，脸上浮现出令人不快的苦笑。

顺平转过头去确认了一下，这才明白过来。店主既不是在放空冥想，也不是故意无视顺平，他是被电视节目吸引了。刚刚的竞猜节目已经结束，现在正在播放职业棒球新闻，当地的球队在今晚的比赛里惨败。

顺平突然觉得很放松，他和店主对视了一眼后露出了微笑。

店主有些不好意思，慌忙低着头走进了后厨，反而让气氛更加尴尬。顺平喝光了啤酒，准备去结账。

几分钟后，店主从后厨里出来了。“那个……你请用。”

顺平双手接过店主从吧台对面递过来的碗，碗里装的是味噌汤。顺平呼呼地吹了吹气，喝了一口。汤很烫，鱼味很浓，感觉一股暖流从腹部涌上来。

外面正下着雨。顺平走出店门，站在屋檐下迷茫地抬头看着天空。雨比预想的要大得多，不知道东京有没有下雨。还有梨香所在的那个小镇……是不是也在下雨呢？

“哎呀，阿顺！你不带伞就出门吗？”

顺平耳边响起了梨香的声音。

“天气预报不是说晚上下雨吗？”

“明明说了让你带上折伞……”

“真拿你没办法，我给你放包里了啊。”

“你能帮我拿一会儿吗？”

“喂，你肩膀都被打湿了，不要紧吗？”

怎么会不要紧啊！黑色的路面映射着月光，顺平真想一屁股坐下来不走了，又想像个捣蛋的孩子，跺着脚大声喊叫。他一个人不行，做什么事都不顺利，所以他真的希望梨香一直在他身边。

其实顺平心里也明白，梨香这次是认真的。她回老家相亲既不是开玩笑也不是为了气顺平，而是下定了决心的。按照梨香的性格，她一旦做出了决定，就不会中途放弃。不久后的某一天，梨香一定会抛下顺平，离开东京。

收拾行李应该花不了多少时间吧。顺平第一次去梨香住处的时候，被屋内单调的陈设吓了一跳，心想梨香可真是个对物件没什么追求的女人。不管是过生日还是圣诞节，梨香都说不需要什么礼物。去旅游的时候，她也只给别人买土特产。顺平本身也对物质没什么追求，所以两人也没什么分歧，这可比因为要买这买那而争吵不休强多了。

因此顺平也就自然而然地以为梨香真的没什么想要的东西。或者说，他懒得思考梨香到底想要什么。

梨香常说只要有音乐就够了，心情好的时候会说只要有阿顺和音乐就够了。她还说东西多了会让人心情郁闷，觉得自己不自由，移动起来也不方便。当时顺平根本没有听懂这句话，又不是叫梨香背着家具财物出门，什么叫“移动起来不方便”？

但是现在顺平明白了，梨香所谓的一身轻松地移动。

在这儿买的那个印着小鸟图案的盘子是梨香为数不多的心爱之物，可是也被顺平打碎了。顺平关柜门的时候不小心手滑了一下，他还没来得及叫出声，盘子已经落在地面上发出了尖锐的声响。顺平以为告诉梨香后她肯定会勃然大怒，没想到她只说了句“有形的东西总是会破裂的”。

顺平已经无法阻止梨香了，他只能目送梨香离开，至少还能在心里默默祝她幸福。顺平已是孤身一人了。

虽说梨香经常试探性地问顺平一个人的时候是不是很不容易，但她心里也很清楚，有些事只要顺平肯去做，他就一定能独立完成。顺平也知道自己不是不行，而是明明能行却没有行动，甚至都不想一想该做些什么。梨香的爱被恋人的怠惰和天真慢慢耗尽。

顺平身后的门被推开了。

“咦？”从店里走出来的店主差点撞到顺平，他吃惊地眨着眼。

“对不起，我在这儿避雨。”

“啊，雨可真不小啊。”店主说话间把门帘收了起来。应该是快到关门的时间了。

顺平觉得不能再站在这儿发呆了，他正要离开的时候，店主拍了拍他的肩膀。

“这伞您拿着用吧。”

店主递给他一把透明的伞，伞柄处锈迹斑斑。

♪

可能是因为天气不好吧，走在大路上顺平也没看见几个人影。餐厅的灯饰像是浸泡在雨水里，显得孤零零的。朝着酒店方向走去，拐过一个十字路口后，道路突然变得狭窄。居民家的窗户透出黄白相间的灯光，食物的香味不知从哪儿飘散了出来。

顺平的脑海里不由自主地浮现出东京公寓里的景象。除了那个小鸟图案的盘子，还有什么是两个人一起买的呢？不是食物、洗发水、卫生纸之类的，就没有什么能留作纪念的东西吗？顺平拼命在记忆里搜寻，可什么也没找到，他感到十分沮丧。一起生活的这四年，似乎就要这样烟消云散了，丝毫不留下痕迹。

给梨香买点什么吧，顺平想。无论是什么，买个“有形”的东西，能切实地拿在手上的东西。

顺平转着伞，边看着从透明的伞上甩出来的无数的雨滴，边思考该买点什么好。买个差不多样式的盘子？——这也太不花心思了。买个之前没吃到的芝士蛋糕？——不行，得买个能留作纪念的东西。即使有形的东西最终都会破裂，他也要选一个比较牢靠的有形的东西。最好是轻便小巧的东西，比如首饰、摆件之类的。

梨香一定会感到很奇怪吧。她要是问为什么买礼物，我该怎么回答呢？顺平心想。就说为了祝愿梨香前程似锦？还是说为了祝梨香幸福？

“嘭”的一声，一阵突如其来的大风差点把伞吹走，顺平握紧了伞柄。

把选择权完全交给梨香，自己只是听从她的决定送她离开，开什么玩笑，我可做不到，顺平心想。这不是梨香一个人的事，而是我们两个人的问题。

顺平站在路口等红灯，原来不知不觉已经走到酒店了。过了路口就到了酒店华丽的大堂。门口一辆车也没有，周围出奇地安静，淅沥沥的雨声听起来更响了。

梨香经常和着雨滴的声音唱歌，因为她工作的保育园每到雨天都会让小朋友唱歌，梨香已经形成条件反射了。

对啊，送跟音乐有关的礼物吧!

顺平想起了白天去过的八音盒店。店员好像说不光可以买现成的八音盒，还可以选喜欢的乐曲来定制。

“可以定制哦。”店员充满自信的声音在顺平耳边回响。

真的行吗？没有名气的乐队的陈年老歌也能用来定制八音盒吗？顺平将信将疑。把让他俩偶遇的歌曲装进八音盒里送给梨香的话，他们之间可能还会有未来吧？

只要梨香喜欢八音盒，哪怕只有一点点，顺平也要问问梨香能不能重新开始。

顺平哼起了充满了回忆的歌曲。很多年没有唱过这首歌了，但歌词却自然而然地从顺平口中流淌出来。他低低地哼唱着歌曲，走在缠绵的雨中。

组合

Episode 03

蓝莓果酱很美味，可是吃完了也就不剩下什么了；七色毛线织成的帽子虽好看，但是当地购物中心里也能买到差不多的。印着地名的马克杯、钥匙扣好像也不太中意。

步美在店里逛了一圈后回到门口。

一旁的小萌问道："这个怎么样？挺有北国风情的，不错吧？"她手上拿着一个狐狸的毛绒玩具，晃动着蓬松的狐狸尾巴。

正在墙边的架子上挑选的水原也朝她们看过来。"毛绒玩具？太可爱了吧。那个怎么样？"她指着架子上层摆着的华丽玻璃杯说道。

“看起来不太实用啊。”步美犹豫地说道。

小萌叹了口气，摸了摸毛绒狐狸的头。“没想到这么难选啊。”

今天早上水原提议要买旅行的纪念品，买三个一样的，一人一个，步美和小萌立刻举手赞成。但实际上选起来却十分困难。

首先，要满足每个人的喜好就很难。比方说光看穿衣的风格，三个人就各有各的偏好——步美穿着九分的牛仔裤搭配红色的风衣，脚上是一双暗金色的芭蕾鞋；身材高挑，留着男孩子气短发的水原穿着一件宽松的卡其色外套和一条黑色的紧身裤，配脚上的工装靴正合适；比水原矮了将近二十厘米的小萌身上是一件小碎花的连衣裙，外罩一件软和的及膝白色毛衣。

几个好朋友也不是完全没有共同的喜好，只是找不到让大家都“一见钟情”的东西，可能是因为纪念品的意义非凡吧。说起来其实这趟旅行也是她们为了留作纪念而策划的，因此纪念品就更想挑选配得上这趟旅行的东西。

“我们去下一家店吧！”

急性子的水原匆匆忙忙朝门口走去。步美和小萌一快一慢地跟在她后面。

走进远离大道的小路，游客和两旁的店铺都少了很多。水原在一家整洁的小杂货店前停下了脚步。

“这家店看起来挺不错的啊。”

“进去看看吧。”

三个女孩子走进店里逛了起来。白色的木质架子上摆着餐具、布艺品、收纳盒等，这家店的商品和店内的氛围既时尚又简洁，和刚才那家特产店完全不同。

步美她们的家乡小镇就没有这样的店。虽说也有几家和这里差不多的杂货店，但总让人感觉有些许不同，可具体是哪里不同，好像又说不上来。

“那个怎么样？”小萌站在里面的架子前，两手各拿着一个布艺的化妆包回过头来问道。她右手上的布包是深紫色的，左手那个是鲜红的，两个都印着波点花纹。

“好像是附近的印染工坊手工制作的哟。”小萌看了看标签说道，一边把红色和紫色的布包分别递给了步美和水原。远看是波点的花纹，仔细一看是动物形状的，红色那个是羊，紫色那个是长颈鹿。

“这个花纹好可爱啊，颜色也很漂亮。”

“大小也挺合适的，还有其他颜色吗？”

“还有粉色的和蓝色的。”小萌拿着剩下两个颜色的布包给大家看，“粉色的是兔子纹样的，蓝色的是狮子。

很适合我们啊，水原用紫色的，小步用红色的，我用粉红色的，蓝色的就给……”说到这里，小萌戛然而止。

“挺好的呀，我们就买不同颜色的吧。”水原的爽朗看上去有些不自然。

“不用急着决定吧，我们再去看看别的？”步美走到架子前展开一块麻制的手帕，边看边委婉地说道，“我要不要也买点特产呢？”

“有人等你买特产回去可真好啊。”水原笑着拿手肘轻轻地捅了步美一下，她脸上的表情也不像刚才那么生硬了。

小萌也在一边帮腔。“说真的，小步你可真幸福啊。四月开始我也要好好努力了！”

“小萌在的公司年轻人挺多的，应该能遇见合适的对象吧？”

小萌大学毕业以后在市内一个购物中心的家电商场当营业员。

“你还能跟客人套近乎啊，可不像我。”打算在自家开的小建筑公司工作的水原皱着眉说道。

“是吗？建筑公司应该有很多男的啊？”

“男的是不少，可不是家人就是亲戚。你们俩要是有合适的人，可一定要介绍给我啊。”

“我们公司估计没什么年轻男性。”步美被市里的一家为大型汽车生产商制造零部件的小公司录取了，从事事务性工作。

“小步你又不需要什么邂逅啦！”小萌低声说完后偷偷瞥了水原一眼。

“小萌你是不是要买点特产回去啊？”

“我？送给谁啊？”

“送给粉丝啊。”

小萌有很多粉丝，无论是大学校园活动的演出还是在镇上音乐厅的演出，都有很多男粉丝来给小萌捧场。

“那些都是朋友啦，不用特地给他们买特产，挺浪费的。”

看着一脸无所谓的小萌，水原连连摇头。“小萌，你可真行啊。”

小萌特别喜欢朋克，她长着一张娃娃脸，身材圆滚滚的，说话的语调也很温和，平时比步美和水原都显得更有女孩子的魅力。可只要一拿起鼓槌，小萌就会和平时判若两人。她披散着头发激情飞扬地打着鼓的样子和平时的形象落差太大，可能正是因为如此，小萌才能俘获男人们的心吧。瑠歌经常开玩笑说，一般四人乐队里人气最高的应该是主唱才对，我们这个乐队的人气却完全集中在鼓手身上了啊。

步美瞥见小萌走回架子边，拿起了那个蓝色的布包。瑠歌现在怎么样了？

𝅗𝅥

刚进大学那会儿，步美她们就组建了乐队。

当初她们一共有四个人：贝斯手步美、吉他手水原、鼓手小萌，主唱是一个和她们同属轻音乐社团的女生。但是没过几个月，那个主唱就说要退出，她们不得不重新寻找主唱人选，步美就推荐了她的高中校友瑠歌。瑠歌那时候也正好刚刚退出她和几个大学同学一起组建的乐队。后来步美才知道，不是瑠歌自己要退出那个乐队，而是其他成员要求她退出的。事到如今，步美大概也能知道当初瑠歌被要求退出乐队的原因了——她实在是太较真了。在音乐方面，只要下定了一个决心，瑠歌就会寸步不让地坚持下去。

可即便瑠歌性格如此，偶尔也会和她们三个起争执，但是大家也一起坚持组了四年乐队，相处得也不算差吧。

其实直到大三过半的时候，乐队的事都还挺顺利的。她们四个想做的音乐类型大致都差不多，彼此也很喜欢其他人的演奏。步美觉得大家性格迥然不同反而是一件好事。极其容易热情高涨的瑠歌和冷静的现实主义者水原发生冲突的时候，步美都会从中调停，再加上小萌的装傻充愣，争执很快就能被平息。

大一的时候，她们就是个“翻唱乐队”，只是唱一些现成的歌曲。在校园活动之类的演出登台前，她们会聚在一起商量演出曲目，四个女孩子称之为“选曲会”。

大一结束后的那个假期，在社团主办招新的小型演出前，她们四个也聚在一起开了选曲会。

“这首怎么样啊？”平常瑠歌都是自信满满地拿出自己想弹的歌曲，今天却犹豫不决地征求大家的意见，这让其他三人惊讶不已。

“这是谁的歌啊？”

瑠歌没有说话，拿手指了指自己的鼻尖。

大家赶紧听起了样带。五分钟长的歌曲放完后，谁也没有说话。水原和小萌都呆呆地保持着沉默。步美心想自己脸上大概也是这种呆滞的表情吧。

“对不起。”

瑠歌按下停止键后，水原大叫起来：“为什么道歉啊？”她扬声说着拍了一下瑠歌的背，“这曲子不错啊！”

“嗯，特别好！”步美也夸赞道。

“我太喜欢这曲子了！”小萌难得一脸严肃。

瑠歌说她不会填词，所以歌词就交给文学少女水原负责。别看水原平时经常挖苦人，但写出来的歌词却清新动人，充满了热情，这让步美她们都十分佩服。水原被大家夸得不好意思，直说是因为曲子写得好。她给歌曲起名叫《少女之梦》。

步美特别喜欢副歌部分。

冲啊！冲啊！冲啊！少女！相信同伴，向前飞奔吧！

冲啊！冲啊！冲啊！少女！往事无需回首！

没有什么可担心的，我们的梦想终会实现！我们的梦想一定会实现！

这些充满了勇气的歌词和明快的曲调、欢快的节奏相得益彰。

“我们的梦想一定会实现”是水原最初写的歌词。瑠歌提议最后一节的歌词要稍微有些不同。“‘一定’这个词显得气势有点弱啊。”

“是吗？”水原环抱双臂思索着。

“要更有气势一点。‘绝对’这个词怎么样？‘我们的梦想绝对会实现’。”

“语感不太好吧。”

“才没有呢。把‘一定’换成‘绝对’更容易唱出来。”

“‘一定’……‘绝对’……‘一定’……‘绝对’……”和着曲调反复唱了几遍以后，水原这才说道，“嗯，用‘绝对’也挺好的。”

瑠歌满面笑容。

“啊，难道……”步美惊呼道，“歌里唱的‘我们’是说我们几个吗？”

“你现在才反应过来啊？”瑠歌嫌弃道。

“我一开始就打算写一首关于我们的歌。”水原也补充道。

她们的新歌很受欢迎，每当有人问这是谁的歌，四个女孩子都骄傲地说是她们的原创歌曲。新歌出人意料地大获成功后，瑠歌开始不断地写歌，水原则负责填词。步美和小萌在她们的原始作品上稍作改动，每首歌都由四个人共同完成。

她们的原创歌曲越来越多，但《少女之梦》对她们来说始终有着特别的意义。之后不光是学校里的演出，就连镇上的音乐厅也邀请她们去，每次演出的最后，她们都会唱这首《少女之梦》。虽然她们开不了属于自己的演唱会，但经常和其他业余乐队一起参加各种活动，渐渐地也小有名气了，不时有人跟她们搭话。

大概有一年半的时间，乐队顺利地发展着。

步美、水原和小萌中午在港口的海鲜市场吃了海鲜盖浇饭。

她们还是没买动物纹样的布包。水原提议如果她们明天还找不到合适的纪念品的话就回去买布包。但是步美总觉得她们一定能找到更好的东西。布包的花样不多不少正好有四种，这让她心里不太舒服。

她们三人坐在四人桌边，多出来的那个空位格外显眼。瑠歌和她们上的不是同一所大学，像这样没有瑠歌在场的三人聚会也不少见。但是谁都不提瑠歌的名字让人觉得很不自然。

“接下来去哪儿？”

最先吃完盖浇饭的水原把导览图摊开来，铺在不太平稳的餐桌上。

买机票、订酒店以及旅行的准备这些都是水原负责的。她为了让这次毕业旅行能给大家留下深刻的记忆也是操碎了心。步美心里暗暗告诉自己，正因如此才更不应该提起那些不合时宜的话题。

“去瞭望台怎么样？”小萌指着导览图说道。

“听说能看见一望无际的大海，挺不错啊。”

吃完饭后，三个女孩往海港的反方向走去，朝着大山进发。

虽说已到三月中旬，可北国的风还是如此凛冽。远处依稀可见的山坡上还残留着积雪。

她们边说着“好冷，好冷”，边顺着坡道往上爬，身子也渐渐变暖和了。巴士车道的两边排列着很多民居，间或有几家超市和个人经营的小店，有不少当地人进进出出。满脸通红的小学生骑着自行车，嬉笑追逐着远去。

“真是悠闲啊。”水原举起纤长的双臂，伸了个懒腰，心情似乎不知不觉变得比刚才松快了。步美觉得自己也是如此，比起待在狭小的室内，倒不如在外面散步来得轻松，无需特别在意现在在一起旅行的不是四个人而是三个人。

步美突然回过头。

“小步，怎么了？”水原问道。

“没什么，只是觉得这里真是个好地方啊。”步美慌忙掩饰道。

“确实是个好地方呀，不大也不小。”

“不像大都市那么繁华，也不像乡下那么萧条。”

“看上去一点都不矫揉造作，特别自然，对吧？真希望家附近也能有一家像刚才那家杂货店一样的店铺啊。难道因为这里是港口城市，所以才特别时髦吗？”

“这跟是不是港口城市没什么关系吧。”

“当然有关系啦。因为大海连接了全世界嘛！”

步美她们几个的家乡是个群山环绕的小镇。小萌从高中时代开始就对大海充满了向往，暑假还会去县外的海滨小店打零工。而步美在这次毕业旅行前，还从来没有看见过大海。

如果光说规模的话，步美她们家乡的小镇还更大一些。镇上有新干线经停的大车站、县政府大楼、繁华的街道，还算是个热闹的地方。郊外广阔的住宅区周边配有大型购物中心和量贩超市，生活也很便利。当地出生长大的孩子大多上了当地的学校，在当地就职、结婚、成家立业。

但是，也有厌倦了这样的地方小城，渴望去大城市闯荡的人。比如，瑠歌。

瑠歌总是意气风发地说想早点离开这样的小地方，

想去东京出道，闯出一番天地。对于瑠歌的雄心壮志，步美、小萌和水原都不置可否。

步美她们三个也不是非要留在家乡不可，只是没有其他地方可去罢了。如果真像瑠歌说的那样有机会出道，她们一定会放弃现在的一切去东京发展的。

如果，这样的好运能降临到她们头上的话。

四个人合租一栋小房子，想去参加某个音乐节目，大家在一起热热闹闹的……这些对除了瑠歌以外的三个女孩子来说，只是一种假设的生活而已。这就跟水原想要一把几百万日元的吉布森吉他、小萌嚷嚷着要和她迷了近十年的朋克乐队的鼓手结婚一样。不是她们没有追求，而是这些事情几乎不可能实现，她们也不过信口闲聊罢了。

瑠歌脑海中描绘的未来和步美她们三个人的太不一样了。逐渐明白了这一点的步美开始避免思考关于未来的问题。直到一年前的春天……

那天，她们四个为了下个月的迎新演出照例开选曲会。步美和水原、小萌一起在社团的练习室等瑠歌。

瑠歌姗姗来迟的时候，她们三个正在讨论的不是关于选曲的话题。

“这是什么？”瑠歌看着桌上摊开的册子，皱起了眉头。

步美她们隐隐觉得情况不妙，都垂下了眼帘。

在选曲会前，正好学校的教务科举行了就职说明会。步美和小萌想找离家近一点的工作地点。虽然当时水原还在犹豫要不要继承家业，但她也去参加了说明会。

“乐队怎么办？”瑠歌低声问道。

“就算工作了也能继续组乐队啊。”

“当然，也许不能像现在这样经常聚在一起，但工作之余还是可以一起练习的。”

水原和小萌你一言我一语地解释着。

“工作之余？”瑠歌打断了她们。她的表情看上去不是愤怒，而是透出悲伤，“明明说好了四个人一起努力的。”

步美她们什么话也说不出来。

三个女孩在小山丘上越爬越高，原本平缓的坡道也变得陡峻起来。她们拼尽最后一点力气，终于爬上了突然变陡的石阶，眼前的景色忽地开阔了。

“是大海！”上气不接下气的小萌飞奔过去。步美和水原在后面追赶。

小山丘的顶部是一个小小的广场。长椅和甲板上都空无一人。

三个女孩靠在甲板边沿的扶手上并排站着，放眼鸟瞰，街景在眼前铺开。房子像拼布工艺品似的连成一片，“缝制”于其间的道路上像豆粒般大小的车辆来来往往。波光粼粼的网格是运河，前方的大海更是闪现着令人目眩的光彩。

“喂——”小萌没有扶着扶手，而是用双手在嘴边拢成喇叭状大喊。湛蓝的晴空中悠闲地飞过几只海鸥，潮水的气味充斥鼻间。

“小萌你喊错了吧。”

“是啊，一般对着群山才会喊‘喂’吧。”

“别那么较真，开心就好啦！你们也大声喊出来啊，心情会很舒畅的。”

“那我也来试试。”水原一脸严肃地清了清嗓子，“希望我能遇见喜欢的人——”

“你声音太响了吧！还有，你许的那是什么愿啊?！”小萌大笑道。

步美也学着小萌刚刚的语气说道：“‘别那么较真’，这不是你刚才说的嘛！”

“好啦好啦。对了，小步，你要许什么愿啊？快点和他结婚？”

“哇，好羡慕呀！”

“才不是，你们别随便转换话题啊。”

“啊，我还想再喊一句。”水原两手一拍，身子探出扶手外，“瑠歌你这个笨蛋！”

步美和小萌吃惊地互看了一眼。接着，她俩也深深地吸了口气，开口大喊。

♪

就职说明会那天，瑠歌和水原发生了激烈的争执。

别找什么工作了，大家一起去东京吧。瑠歌一遍遍重复着这些话。步美她们不知道要如何回答，语气也越来越强硬。

“我们迄今为止付出的努力算什么？只不过是学生时代的游戏？我可是认真的，认真地在做音乐！”

“我们也是认真的啊！”水原反驳道。即使水原不说，步美和小萌也会说出同样的话。

“但是不能一直这样只靠做音乐生活下去啊。靠做音乐混饭吃，可不是嘴上说说那么容易的事情。”水原就像哄孩子似的悠悠地说道，“能成功的只有少数人，普通人是做不到的。瑠歌你心里也很清楚这一点吧。”

“我完全不这样认为。”瑠歌涨红了脸直摇头，“为什么就下定论说一定会失败呢？你们就打算在这个地方混日子？你们真的对这种无聊的人生感到满足吗？”

“瑠歌你才应该不要给别人下定论。人生是否无聊取决于个人，不需要别人来评头论足。”

“你不过是在给自己找借口。”

“你们两个都冷静一下。”步美不知如何是好。

水原冷冷地说道：“瑠歌你这么想去东京的话就一个人去好了。”

瑠歌神情痛苦地说：“一个人去有什么意义呢？乐队是我们四个人的啊。”

步美强忍住了心中涌起的痛意，水原和小萌也不发一言。

“你不要把我们也牵扯进去。”一阵沉默过后，水原回嘴的声音已不似先前那么咄咄逼人。

“牵扯？”瑠歌讶异地瞪大了眼睛，将视线转移到步美和小萌身上。“你们跟我一起去东京吧？”

步美知道她应该回答瑠歌，可张开嘴却说不出话来。小萌却抢先说道：“对不起，瑠歌。我想留在这里。”

练习室里一片沉寂。

瑠歌睁大了眼睛，紧咬着嘴唇，依次看了三人一眼后，飞奔出了练习室。

之后，四个女孩和好了，也进行了好几次演出。就像调音也会调出不和谐的声音一样，她们之间发生的不愉快也会随着时间的流逝而被忘却。但是用心倾听就会发现，四个人弹奏的和音已不再像以前那么和谐了。

水原决定回去帮忙家里的生意，步美和小萌买了面试时穿的西装，互相邀约着去参加企业的招聘会。

小萌有一次不小心说漏了嘴。“每次在简历上写学生时代组过乐队，我就会很讨厌我自己。”

步美也有同感。“但是也没办法，除了组乐队以外，没什么可写的啊。”

小萌无力地笑笑。

“毕业”这个词和“东京”“出道”一样，是她们四个之间绝口不提的禁忌词语。直到水原问，过完年后去哪里毕业旅行。瑠歌说她不去了，这令剩下的三个人十分惊讶。

♫

下山后走回港口的路上，三个女孩经过了运河。细长的石子小路沿着运河向前延伸。

“那边是什么啊？”小萌停下脚步，指着数米开外的一家店问道。店铺的橱窗里陈列着大小不一的盒子。

“去看看吧。”水原率先迈步向前走去。在瞭望台上大喊过后，水原说心情十分舒畅。她看起来确实比早上精神多了。步美觉得自己的步子也轻快了不少。

“欢迎光临。”她们三个一进门，一个身穿黑色围裙，身材纤细高挑的男性店员就迎了出来。

她们朝店员点了点头，走近墙边的架子看了起来。

“数量好多啊。”水原不禁感叹道。分成了好多层的架子从地板一直延伸到天花板，全都摆放着八音盒。

“用了各色各样的曲子啊。”小萌说着从透明的箱体上把手缩了回来。步美伸手去拿她面前的八音盒——箱体侧面贴着写有曲名和歌手名的小标签。粗略看了一下，就有流行、演歌、古典等多种曲风。外国乐曲和日本的乐曲混合着放在一起。

世界上竟然有这么多的歌曲啊。每每去CD店或是上在线音乐网站，步美都会心生感叹。用来制作八音盒的乐曲，更是它们之中最出色的那部分吧。

步美拿起眼前的八音盒来试听。音乐主要用了曲子的副歌部分，虽然可用的音阶和音符数都有所限制，但这个编曲非常不错。

“重新编成了这种风格啊。”

“没想到看似凑不到一块儿去的演歌和八音盒竟然意外地合拍呢。”

水原拿起一张放在架子角落里的宣传单。“曲目可以从现成的八音盒里挑选，也可以用喜欢的曲子定制。”

“喜欢的曲子……”步美和小萌互看了一眼。

水原接着读道：“无论是作为承载自己和家人回忆的物品，还是作为馈赠他人的礼物，八音盒都十分合适。来定制一个世界上独一无二、只属于你的八音盒吧。”

小萌像急于被老师选中的小学生那样，高高地举起了手。“我想做一个！”

就像听见了学生的正确回答似的，水原满意地点了点头。

她们赶紧去咨询店员，店员把她们带到了里面的桌边。步美三人并排坐下，店员站在桌子对面，弯着腰说道：“首先请挑选八音盒的种类和外箱。”

最便宜的八音盒也能发出十六种音，所以她们选了这款。店员说如有需要，他可以帮她们编曲，还拿出外箱的样品给她们看。三个女孩商量后，决定选那款看上去像积木似的有多种颜色可供选择的木制外箱。

步美选了红色的，水原选了紫色的，小萌则选了粉色的。也许上午看到的那些布包的颜色给她们留下了深刻的印象吧。

“如果客人喜欢的话，还可以点缀一些装饰。”

“我要加装饰！”小萌立马说道。

店员微微点头，从桌子下面拿出一个扁平的藤篮。“这些请随意挑选。”

篮子里装着亮闪闪的小珠子、心形和花朵造型的饰片、看上去像零食赠品的塑料人偶和动物、蕾丝和蝴蝶结等各种各样材质的装饰品。大概是要把客人挑选的素材用黏着剂粘到盒盖上。

“哇，好可爱！”

“好令人怀念啊，小时候我还收集过这些零零散散的小东西呢。”水原眯起眼睛看着篮子里的东西。

“我也是，收集起来装在曲奇饼干罐子里。”

“我是装在箱子里，有时候还会和朋友交换呢。”

装饰盒子比想象中要花时间。

其间没有其他客人来，店员看起来也丝毫不着急，所以她们三个就在店里待了很长时间。中途店员还给她们点了饮料，特地让对面的咖啡馆送过来。负责外送的是一个和步美她们差不多大的留着娃娃头的女孩子，她送来的热咖啡稍微带着点苦味。

步美犹豫了很久，终于决定用星型的饰片给盖子包边。小萌右手拿着“狮子”，左手拿着“斑马”，歪着脑袋在盒子上比来比去。水原用余光瞥了一眼正在尝试着摆花样的两人，她已经选好了几个小鸟形状的纽扣作装饰，正打算在店员给她的五线谱纸上填写音符。

在店员给步美的八音盒贴七彩饰片时，水原心中一直流淌着《少女之梦》的曲调。

小萌的小型“动物园”盒盖还没有粘完，她们决定先回酒店。店员说明天上午就能做完，她们明天下午去机场前正好来店里取一下。

三个女孩沿运河边的小路走着，水原忽然悄声说道：“那个店员……”

“简直太帅了啊。”小萌也附和道。

“诶？是吗？”步美的注意力都集中在店里的八音盒上，没怎么仔细看店员。比起眼睛、鼻子之类的，倒是他白皙的皮肤和柔顺的长发给步美留下了深刻的印象。

“比起那种美男子，我喜欢更有男子气概一点的。身高倒挺好的，要是再有点肌肉就好了。”

“小萌你要求可真多啊。”

“对了，那个女服务生也看上他了吧。”小萌说得煞有其事。

“是吗？”

“当然了。她看店员的眼神可热切呢。”

“那个女孩子长得很漂亮啊……好了，不说这个了。”水原把话题带了回来，“那个店员写曲子了吧？”

虽然他起身了好几次，但大部分时间还是端坐在步美她们对面。他膝上摊着一本笔记本，好像在写着什么。

“咦？他写的是曲子？”

“大概是吧，我瞥了一眼，本子上好像是五线谱纸。”

“但是那个人好像戴着助听器之类的东西吧？”小萌歪着脑袋问道。

“真的吗？这我倒没注意到。”

“我也没注意。”

“这么一想，我们跟他搭话的时候，他好像反应稍微有点慢啊。我还以为他是注意力太集中的缘故呢。”

“等等，搞不好不是助听器。”小萌自信地说道，

“他用头发遮住了那个透明的东西吧？说不定是耳机呢？”

“是嘛。后天我们悄悄地观察一下吧。”水原陷入了沉思。

两天后她们再来八音盒店的时候，根本没工夫仔细观察店员。

三个女孩都睡过了头，比预定的时间晚起了许多，慌慌张张地冲出了酒店。前一天晚上，她们想着是最后一个晚上了，就聚在一起喝过了头。

店员请她们试听一下，却被她们拒绝了。店员把所有人的八音盒装进一个袋子里，交给水原抱着，接着三个女孩奋力朝车站狂奔而去。去机场的快车一个小时只有一班，她们几乎是踩着发车的铃声冲进了车厢。

“咦？”

“怎么了？”

“有四个八音盒。”水原从沙色的纸袋里依次把盒子取出来。小萌一个个接过来打开。第一个是粉色的，然后是红色和紫色的，都是大家各自装饰的八音盒。

只有第四个与众不同。

“这是什么？是那个店员搞错了吗？”

无论是材质还是大小，这个蓝色的木箱都和其他三个不同，上面也没有任何装饰。

步美缓缓开口说道：“我们在那家店里提起过瑠歌的事吗？”

客人虽然是三人前来，可直觉敏锐的店员却察觉到她们应该是个四人的组合，所以就把第四个八音盒赠送给了她们——这听上去也不是不可能，步美只能这样推断。

水原和小萌同时望向步美。步美原以为她俩会笑她突发奇想，可没想到她俩都是一脸严肃。她们三个大概都有了相同的推测。

“我记得没有在那家店里提起过瑠歌啊。”

“我也觉得没有。”

步美也不记得说出过瑠歌的名字，她只是看着贴在木箱上的饰片，脑海中浮现出过瑠歌的脸而已。当时周围飘荡着八音盒奏出的旋律，仿佛是瑠歌创作的舒缓的、幸福的曲调在步美耳边不断回荡，这怎么能让人不联想起瑠歌呢?

也许水原和小萌当时也有相同的感受吧。也就是说，那个店员读懂了——或者说是听到了——她们三人心中所想。

不会吧，这不可能吧。

“怎么办，没时间把这个八音盒还回去了啊。”水原面露难色地看着眼前这个蓝色的八音盒。

“之后再跟店里联系吧。大概是那个店员自己搞错了，应该不会对我们发火吧。”步美说道。

“说得也是。我们还是先听听看吧。”小萌把粉色的八音盒放在膝盖上，转动细细的手柄，“嗯？”

流淌出来的并不是那首她们熟悉的乐曲。

那声音连曲子都称不上。响起的是音高相同的“啵咯、啵咯、啵咯咙”的尖细声音，根本就没有旋律可言。

“这是怎么回事？次品吗？”小萌停下了摇动手柄的手，看了看八音盒的内部构造。她把外箱打开又合上，翻来覆去地观察，可也没看出什么异样来。

“你再试试摇得慢一些。”水原建议道，可不管重试几次，结果都一样。和店里摆放的那些样品比起来，这个八音盒发出的音要低沉得多。

“你们的八音盒怎么样？”

在小萌的催促下，水原转动起了紫色八音盒的手柄。随着手上的动作，水原听到了熟悉的曲调。

“啊，这个是正常的。”

可水原还是皱起了眉。虽说她的八音盒发出了正常的音调，可依然不是步美她们预想的那首曲子。

“水原，你给店员看吉他谱了吗？”

“没有啊，我写的是普通的主曲调啊。”

“那为什么……”

步美恍然大悟，立刻转起了自己那个八音盒的手柄。

红色八音盒奏出的不是主曲调，和粉色、紫色的八音盒发出的音调也不同。步美小心翼翼地转着手柄，尽可能地保持匀速转动。绵延不断的低沉音镌刻出熟悉的节奏。

“贝斯？”小萌重新拿起粉色八音盒，“这么说这是……”

刚才听起来全无节奏的“扑哧扑哧”声，现在也变成了熟悉的节奏，敲击着鼓膜。

“把大家的八音盒合奏起来听听看吧。”水原用高昂的语调说道。

“嗯。一、二、三、四，开始！”

一开始三个八音盒不能完美地合奏，她们转了几圈手柄后，慢慢地能合上各自的节拍了。毕竟她们在一起组了四年乐队啊。

“太棒了，太棒了！”

“完美地合上了！”

“啊！”水原突然惊呼一声，向对面的空位伸出手去，抓住了放在座位上的蓝色八音盒。

“莫非……”

蓝色八音盒里流淌出的正是《少女之梦》的主旋律。

歌曲奏过一遍之后，水原没有停下手上的动作。

“这次我们试试四个八音盒合奏吧？”

小萌小声地哼着曲调，愉快地转起了手柄。

右膝上放着紫色八音盒，左膝上放着蓝色八音盒的水原摇了摇头。“不行，放不稳。”

“是嘛。”小萌遗憾地垂下眼，可不知为何突然双目又变得熠熠生辉，“两个没法一起转。”

她突然站起身，环顾了一下车厢。小声说了一句“没关系”后，又坐回了座位，拿出手机放到耳边。“喂，瑠歌？”

步美和水原愣在原地。电话那头的瑠歌估计也是如此吧。

“你听我说。”小萌边一个劲地只顾自己说着，边把手机放在倾斜的座位上。她开了免提，所以大家都能听见瑠歌的声音。

“喂，小萌？”

小萌拿着粉色的八音盒伸长了双臂，然后看着步美和水原。她们俩这才明白了小萌的意图，于是也伸长了手臂，让自己的八音盒尽量靠近手机。

“一、二、三、四。”小萌用脚打着节拍，节拍声和列车晃动的声音重合在一起。

“瑠歌，你能听见吗？”步美一边遥着手柄，一边弓着背对着手机说道。

电话那头没有回答，取而代之的是歌声。她们听见了和蓝色八音盒里流淌出的乐曲一模一样的旋律。

“冲啊！冲啊！冲啊！少女！”电话那头的瑠歌歌唱着。一开始歌声还有些微弱，渐渐地气势越来越强。

“相信同伴，向前飞奔吧！”

“没有什么可担心的。”

“我们的梦想终会实现！”

不知不觉间步美她们三个也跟着唱了起来。

同样的旋律要重复好几遍吧。五遍？还是十遍？

水原的声音不经意地颤抖了起来。“我们的梦想终会实现的。”只有她一人唱着稍微有些出入的歌词，脸颊上淌下一行热泪，晶莹的泪珠溅落在八音盒上。

“我们的梦想一定会实现！”歌声略微有些颤动。

四个人的歌声和三个八音盒的奏鸣声融化在从车窗外射进来的阳光里。

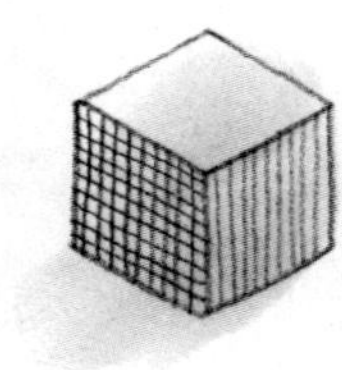

故乡

Episode 04

三郎一下飞机就感觉到了一阵凉意，他不禁瑟缩了一下。

这还没有接触到外面的空气呢，可能是自己的错觉吧。来来往往的人中也有几个手里拿着厚实的大衣和外套，这在六月的东京可不常见。但是也没有人穿得严严实实的。

“你该多穿点。”临出门前，妻子嘱咐他。

“晚上才降温呢。明天是个晴天，温度大概也会回升的。这些厚衣服带起来也不方便，我就住一晚，总能将就的。”

三郎很感谢妻子特意为他查了天气预报，但他并不想带上厚外套。如果妻子知道他是如此不屑于知道家乡的情况，可能会被惊呆吧。

三郎背起包，扣上夹克衫的扣子，加快步子追上了前面的一两个人。

天气真的很冷，三郎觉得背脊上凉飕飕的。气温并不是很低，三郎觉得冷大概是心理作用吧，因为自己老是为一些不合时宜的事情费心。他快速走出了到达出口，扫了一眼前来接机的导游，然后直接坐电梯去了轨道交通的车站。

开往西面的特快列车很空，虽说是雪季，但也没有延误。估计能如预想的一样，在天黑前到老家吧。

接到母亲电话的时候，三郎也考虑过是不是要在第二天，也就是周六一早从东京出发，然后当天往返。这样就不用向公司请假了，而且三郎自己也希望尽量少待在老家。但要是坐六点的首班车的话，换乘大巴后中午才能到村里，这样就来不及当天往返了。租车也不太现实，因为三郎在东京就几乎不开车，家里的车都是妻子在开，用来接送孩子或是购物。三郎没有自信能像妻子那样在市中心那种混乱的车流里游刃有余地驾车，这些话他可没告诉过女儿。

四人座里只有三郎独自坐在窗边。他戴上耳机，闭上眼睛听起了轻快的钢琴曲。

最近，三郎终于喜欢上了妻子钟情的古典音乐。因为请了带薪假，所以三郎昨晚通宵了。现在听着古典音乐，舒服得让他想睡觉。

他醒来的时候，列车早就发车了。

过道对面坐了四位年长的女性。她们热闹地说说笑笑，不停向窗外张望着。

她们四个人都妆容精致，身上穿戴得也很优雅。年纪看上去比三郎还大一轮，大概六十岁左右吧。放在她们脚边的手提包上还挂着航空公司的挂牌。看上去像是孩子已经成家立业后，有大把空闲时间的四位母亲结伴出游。她们是邻居吗？也可能是学生时代的好友。

三郎也顺着她们的目光朝窗外看去。窗外是一望无垠的大海和广袤的天空，除此以外，别无他物。窗框里的景象正好被海天的分界线等分成上下两半。

“天气要是再好一点就好了啊。”她们中的一个突然说道。

“但是据说明天天就晴了。”另一个人插话道。

“好像是呢。”

“我也看天气预报了呢。”

她们互相安慰着——或者说是互相鼓励吧。她们希望看到的肯定不是这种灰蒙蒙的天色，而是旅行社的宣传册上印的那种蓝天碧海吧。这一带很受游客欢迎。

三郎考上大学后就去了东京，每当被人问起家乡，他都避而不答。

一开始，三郎总怀疑问他的人是抱着想看他这个乡下人出丑的心态，但后来他才发现别人也不过是闲聊时随口一问罢了。从东京郊区的老家来东京上班的人，从小城市来到东京打拼还租着房的人，大家都说了自己的家乡是哪里。除非自己家乡所在的小镇特别有名，否则大家都只说一个大概的县名，三郎也是如此。他老家其实在一个北方的小渔村里，但没有人会知道这种乡下的地名。

听完三郎的回答，对方通常都会很羡慕，因为那个县是个知名的旅游胜地。丰富的自然资源、美味的食物、适合冬季运动的气候和地形……那里有很多观光旅游的卖点。

但是无论是过去还是现在，三郎的老家那一带都没有什么游客。只要有陌生人在那一带走，就会被人盯着看半天。比起苍翠繁茂的树林和惊涛骇浪的大海这些大自然的恩惠，当地人的威胁感更让人在意吧。游客根本没法悠闲地欣赏这种能涤荡心灵的美景。

追溯关于家乡的记忆，三郎脑海中最先浮现的是层云密布的阴天。仔细想来，家乡也并非常年都是阴天，明明也有晴空万里的日子，可三郎就是想不起来了。天空像是被暗灰色的云层涂满了，有一部分被高耸的建筑物遮住了，让人有种仿佛身处低矮房屋里的压迫感。海面也如天色般显出阴沉的色调。单调的波涛声和海浪撞击岩石飞溅出的白色水花都带着一丝寒气，充斥着腥味的海风像咒语般紧紧裹挟着人的身体。

三郎再也不想回到那种地方了，他也从没打算回去。自从大学以来，三郎的这个想法就再也没有改变过。

音乐不知什么时候已经停了，三郎摘下耳机放在座位上，睡意早已消失殆尽。

邻座的四人已不再看窗外，而是吃着其中一个人带来的点心。

“这个真好吃啊。”

“太好了。这家店很受欢迎呢。是我孙子告诉我的。”

这就把话题引向了各自的孙辈，大家开始兴致勃勃地谈论就职啦高考啦之类的话题。她们几位的孙辈年纪也都差不多，有些和三郎的女儿差不多大，有些还更年长一些。这么推测下来，这四位的实际年龄比她们的外表看起来还要大一点。说不定比三郎七十岁的母亲还要年长。

但是她们的外表看起来却和母亲正相反。三郎上一次见到母亲是一年前，那时和母亲相伴走过了半个世纪的父亲刚刚去世，母亲看上去比这四位女性要老得多了。城市里的女性为什么看上去总是那么年轻呢？三郎对此百思不得其解。难道是因为她们讴歌自由，生活每天都充满了新鲜感吗？

“对了，上个月去享用了午餐的那家银座的餐厅，在惠比寿开了家分店呢。下次我们去试试吧？”

“好啊。但是我得减肥了，最近胖了不少。”

“是吗？完全没看出来啊。最近还打网球吗？”

“瑜伽也挺好的，慢慢地会见效。”

母亲从没像这样和朋友一起出去旅行过吧。别说是旅行了，她走出村子的机会都不多。去街上的餐馆吃饭、去健身房运动，这些在母亲的人生中都从未发生过。三郎也从来没有见母亲像邻座的四位那样无忧无虑地大笑。

但是，就从现在开始也不晚啊。

只要母亲来东京，那就可以开始全新的生活了。她可以去看看音乐会或是戏剧演出，可以学点感兴趣的东西，就算只是在街上散散步，那也会让母亲感到很新鲜吧。如果她不想和儿媳妇一起住，那也可以单独租一间小屋子。作为独生子，这点担当三郎还是有的。

三郎决定今晚或者明天法事结束后，他要再找母亲好好谈一次。

母亲已经辛苦了大半辈子了。她每天都要为家务操劳，还要在渔业协会的妇联工作，这些都是为了让父亲能够更好地工作。三郎希望母亲能够轻松愉快地度过余生，再也没有什么可以束缚她了。那个随心所欲的父亲已经往生极乐了，母亲也无需再顾虑他了。

三郎想要远离家乡最重要的原因既不是天空也不是大海。而是直到最后都没能和他互通心意的父亲。现在，父亲已经去世了。

三郎在快车的终点站下了车，却不知道接下来要如何是好。

他好不容易从公司请了假，明明选了最早的班次，可现在已经一点多了。接下来要是换乘慢车的话，到老家起码还要再花两个小时。他还是先在这附近吃完午饭比较好。

三郎拿出手机确认一个小时只有一班的列车时刻表。确认完列车停靠上一站的时间后，三郎拨通了老家的电话。

"喂？"

"啊，是我。"

三郎话音刚落，电话那头的人突然提高了声音："啊呀，是阿三吗？"

三郎心下感到奇怪，这语调听起来不像是母亲啊。"姨妈？"

姨妈和母亲从长相到整个人的感觉都不相同，面对面和她们说话的时候简直感觉不出来她们是两姐妹。只有打电话的时候，她们的声线特别相像。

"好久不见了啊。你现在根本不回家啊。过得还好吗？工作怎么样啊？老婆孩子都好吗？"姨妈接连不断地发问。

其实他们马上就要见面了，没必要现在就问这些。姨妈没有恶意，就是喜欢聊天和说闲话，三郎一直都不是很擅长和她交往，所以总是主动和她保持距离。三郎的母亲是个很沉静的人，不知为何竟有这么一个截然不同的妹妹，亲戚们对此也感到非常奇怪。

"托您的福，都挺好的。"

“是嘛。姐姐现在出去买明天要用的东西了。”姨妈压根儿没有注意到三郎的敷衍，而是自顾自地转换了话题。

“阿三，你明天会来的吧？”姨妈试探地说道，“你可千万要来啊。姐姐说事出突然，你可能来不了，她很失望呢。姐夫也会感到失望吧。”

“我当然会去。”三郎有些生气，他觉得自己在家人眼里简直就是个毫无信用的人。他刚想告诉姨妈自己现在身处的地方，转念一想又觉得不对。姨妈在看家，难道说……

“姨妈，你今天晚上住我家吗？”

“是啊。有很多事情要在僧人来之前就准备好，靠姐姐一个人来不及啊。”

其实三郎也想到了这一点。他反省了一下自己在上次的法事里什么忙也没帮上，本想这次来给母亲帮点忙。他在电话里也告诉过母亲了，可母亲好像没记住。还是说她根本就没指望过儿子能来帮忙，所以叫来了自己的妹妹。

“是吗。那太谢谢了。”三郎决定今晚还是不回家住了。姨妈在家帮忙的话，人手应该够了。而且今晚估计也没法跟母亲好好聊一聊了，所以还是在附近找家合适的酒店住下，明天早上再出发去老家吧。

“明天九点开始，你可别迟到啊。”姨妈一口气说完，没等三郎回答就干脆地挂断了电话。

三郎立刻去车站旁边的经济型酒店订了房间。他把行李寄存在前台后，出门去吃午饭。

三郎悠闲地朝港口方向走着，他已经好几年，不，是好几十年没来过这里了。虽然偶尔回家省亲也会在这个车站换乘，但都没有机会出站来这一带逛逛。街道的氛围比三郎印象中更闲散，可能是因为今天是工作日，离暑假也还早，所以没什么人流。沿街的建筑物经历了岁月的冲刷，老旧中透出一种落寞。

三郎从主路拐进小路，周围愈发静谧。顺着运河的流势铺就的石子甬道终于让三郎有了熟悉的感觉，眼前的景象和过去并无二致。

三郎最常来这里闲逛的时候，根本没有关注过运河。

考上大学离开家之前，对三郎来说，这一带是最大的也是唯一的商业区。初中和高中的时候，三郎经常和朋友相约来这里玩，当时的高考补习班也在这附近上课。下课后，三郎惊讶于这一带依旧灯火通明。速食店和便利店不分昼夜地营业着，街上行人如织，这一切起初都让三郎感到不习惯。和东京相比，这里末班车的时间早得离谱，当时为了赶末班车，三郎常常拼命冲向车站。他躲让着喝得醉醺醺的、浑身散发着酒气的大人，一边飞奔一边暗忖着不想回家。但是不行，要是他彻夜不归，父亲肯定会揍他的。

三郎的父亲是个渔民。

渔民也分跟着大型船只长期去世界各地进行远洋捕捞的，和当天往返、在附近海域沿岸捕捞的。这两类渔民的工作方式和生活状态都截然不同。三郎家从他曾祖父开始，也可能更早，代代都是以近海捕捞为生的。

三郎学校里有几个朋友的父亲是从事远洋捕捞的。他们所到的渔场遍布世界各地，出海一次最短也要几个月，长的话要一年多才能回来，只有两次出海之间那点短暂的休息时间能和家人待在一起。这些父亲的休假何时开始，何时结束，看孩子们脸上的表情就一目了然。

父亲时常要离开家去很远的地方工作，无法和家人生活在一起，三郎小时候也觉得这样的家庭很可怜。他每次回到家看到父亲，心里都会很高兴。但是是从什么时候开始，一切发生了改变呢？

只要不是狂风暴雨的天气，父亲都会在天亮前出海，下午很早就会回家。三郎放学回到家的时候，父亲常常是坐在客厅里看着电视，喝着小酒。他面前的小桌上摆着母亲准备好的下酒菜，想拿什么也不需要起身，只要喊一声，母亲就会端来酒菜。

母亲偶尔会因为给三郎拿零食或是跟他说话而没有听到父亲喊她，那样的话，父亲会拔高音量，不耐烦地大喊一声："喂！"

碰上这种糟糕的情况，母亲就会二话不说地停下手上的活，迅速地去完成父亲的指令。当时的三郎对于自己被忽视而感到不服，但时至今日他才知道，母亲那时是在保护他。如果母亲把三郎放在第一位，那么父亲可能会把怒气都发在三郎身上。父亲虽说总是对母亲大呼小叫，但却从来没有动过手。可他对三郎却正相反，对着三郎的脑袋、肩膀来一下都是家常便饭。

三郎觉得父亲不是什么坏人，不过是有些阴晴不定罢了。他现在已经能理解父亲这种一天一变的脾气。因为渔民是很不稳定的职业，有时候可能毫无收获，有时候好不容易捕捞上来的鱼也可能卖不出好价格。可是，几分钟前还在和自己嬉笑着说话的人，突然变成了愤怒的魔鬼，这对于当时还是个孩子的三郎来说是完全不能理解的。

"海上的天气很多变，一不当心就会丧命。"这是父亲说得最多的一句话。

而对三郎而言，为了自身的安全，比起天气他更需要注意的是父亲心情的变化。虽说不至于丢了性命，可他也不想承受父亲的怒火，那种感觉让人仿佛置身波涛汹涌的冰冷大海里。就像经验丰富的渔民能通过风向和云的走向预测到暴风雨即将来临一样，三郎也细心地观察着父亲的一言一行。

通过这种观察，三郎渐渐开始了解父亲这个人。而越了解，他对父亲就越失望。

父亲是个眼界狭隘、没有教养的粗野之人。而且他还喜欢骂人，是个不折不扣的老顽固，喜欢主观地评判所有事情，如果有人反对他的意见——即使是露出不太认同的表情——父亲都会勃然大怒。“说什么傻话！”——这是父亲的口头禅。

三郎很小的时候，母亲常常让他照着父亲说的去做。那时的三郎对于一味顺从父亲的母亲也从不质疑。可是随着他渐渐长大，懂得的知识也更多了以后，他开始对父亲说的话产生了怀疑。

三郎上小学二三年级的时候，会一一指正父亲说错的事，会向父亲说明老师是那样教的，书上是那样写的之类的。但是不久之后，他就发现这么做毫无意义。于是，他开始沉默地任由父亲说的话从这个耳朵进，那个耳朵出。也是从那个时候开始，三郎发奋学习，因为他不想像父亲那样，他想开拓自己的视野，成为更有教养、更稳重的成年人。世界已不再是父亲口中所说的那样了。

三郎的成绩越来越好，母亲很是高兴，而父亲却抱怨道："学习好有什么用，又不能当饭吃。"

三郎心中不以为然。捕鱼自然用不上语文、数学、英语，但是要去往更广阔的世界，这些知识都是必不可少的。勤奋学习，考上好大学，将来进入一流的企业工作，这才是三郎的目标。他要走出这个狭小的农村，拥有更好的人生。

"别得意得太早，人生可没那么容易。"父亲不快地吐出这么一句。可越是被父亲否定，三郎就越是发奋图强，勤下苦功。

高二的时候，三郎和父亲大吵一架，起因是三郎告诉父亲他要考东京的大学。

"不行，绝对不行。上大学根本没用。"

三郎拼命想要说服坐在小矮桌前喝酒的父亲。几年前，因为话不投机，父亲向三郎丢了汤匙。从那以后，父子俩这是第一次深入沟通。

三郎在高中期间成绩一直是全校第一，就连老师也鼓励他，说他一定能考上名校，还劝他去镇里上补习班，认真备考。

“如果我能从名校毕业，那就业时选择的范围就更广。”

“选择？”父亲低声打断了三郎。

“我不会当渔民的。”

听到三郎说完这句，父亲的眼睛忽地睁开了。他像是隐约窥见了儿子内心真实的想法，又像是儿子刚刚对他说了什么大逆不道的话似的紧紧盯着三郎。

“你说什么？”

父亲的皮肤因日晒而黝黑，双眼就像不新鲜的鱼似的充着血，嘴角还残留着唾沫，看上去面目狰狞。

“我不想当渔民。”我不想成为你这样的人，三郎在心中默默道。

“我不会给家里造成负担的。我会拿到奖学金，生活费靠打零工总能解决的。”所以，你不要再阻止我了，三郎心想。

“说什么傻话。”父亲怒睁着血红的双眼，暴躁地扬起了手，“你以为你是谁啊！”

三郎单手护住脑袋，另一只手下意识地去推挡父亲。

父子俩都是坐着的，所以三郎觉得应该没用特别大的劲。可不知是因为没料到三郎会还手，还是因为正好被击中了软肋，父亲的身体立刻就失去了平衡，仰面摔倒在榻榻米上。

原本在一旁担心地看着父子俩的母亲发出了一声哀叫后，赶紧冲了过来。父亲没好气地摆摆手，自己站了起来。他脸涨得通红，可能还想打三郎一顿，但最后只是怒目圆睁地瞪了三郎一会儿就走出了房间。

“随你的便。”

这时候回想起来，三郎觉得当时父亲的内心肯定已经放弃了吧。因为这个儿子和自己毫无相像之处，虽然血脉相通，可话却永远说不到一块儿去。

2

三郎漫无目的地走着，一块深蓝色的门帘让他停下了脚步。这个小镇海产丰盛，大大小小的寿司店有几十家之多，既有当地的老店，也有专门招揽游客的大型店铺。

三郎刚在店门前停下脚步，移门就打开了。身着厨师服的店员走出来朝三郎抱歉地鞠了一躬。“不好意思，午餐时段已经结束了。”

不知道这附近还有没有什么不错的店。三郎从口袋里拿出手机，苦笑着搜索起来。他仔细想了想，自己好像也没那么想吃寿司。他的舌头早就习惯了细腻精巧的东京寿司，这里的那种只以海产新鲜为卖点的大盘的寿司，充满了乡土气息，总让人觉得美中不足。

三郎无法集中精神，他不知道是因为昨晚没有睡好，还是因为现在身处的这个地方离老家如此之近，让他有些紧张。

他让自己镇定下来，走进了附近一家看上去有些年头的咖啡店。他叫来留着娃娃头的服务员，点了三明治和咖啡。咖啡很好喝，店里播放的爵士乐音量适中，三郎很喜欢这家店。

填饱了肚子，思绪也渐渐清明，三郎走出了咖啡店，被街对面的橱窗吸引住了。

他推开陈旧的木门，上面挂着的铃铛发出“当啷”的声音。

“欢迎光临。”

三郎对店员点了点头，在店里四处看了起来。左右两边的墙基本被高大的架子遮住了，分成很多层的架子上整整齐齐地陈列着装在透明盒子里的八音盒。

买一个八音盒回去当礼物吧，三郎想道。喜欢音乐的妻子和女儿一定会很开心的。

三郎的妻子是他的大学同学。

第一次见面的时候，他们也互相寒暄了一些关于各自家乡的话题。三郎听说对方出生在东京，而且是23区[1]内后，他心中很是羡慕。可对方却迅速转换了话题。

“你有哥哥姐姐吗？”

这个问题三郎也经常被问到。关于家乡的话题他还能蒙混过关，家庭成员的问题可没法说谎，可他又不想说得太详细。

“没有，我是独生子。”

“那你为什么叫‘三郎’呢？”

果然不出三郎所料，对方不解地皱起了眉头。

如果是平时，三郎肯定会回答不知道。可现在他却犹豫着要不要蒙混过去。

“‘三郎’是我父亲喜欢的歌手的名字。”事到如今也没什么好隐瞒的，三郎索性自暴自弃般说了实话，“就是那个演歌歌手。”

“啊，原来如此。”对方笑着说道。

三郎原以为对方是在嘲笑自己，没想到她接着说道：“我跟你一样。”

她的名字取自她父亲喜爱的一位钢琴演奏家。虽然

1 东京23区是日本东京都中心的23个特别区，是日本政治、经济、文化的中枢。

三郎觉得钢琴演奏家和演歌歌手压根儿就不一样，可看着对方可爱的笑容，他什么也没有说。

半年后，两人开始交往。对方和父母同住，家庭关系也十分融洽，因此很快就把三郎介绍给了父母认识。

第一次去女方家里的时候，三郎非常紧张。女方的家看上去就像电视剧里出现的场景一样。客厅里摆着光亮的钢琴和豪华的音响，一整面宽阔的墙上都挂着一家人的合照。对方的父亲在知名的大银行工作，母亲在家里开钢琴培训课，他们热情款待了三郎。三郎不禁在心下感叹，既不寒酸也不过分热情，尽量不让对方觉得有负担，这就是大都市里人际交往的准则啊。

此后，对方父母体恤他一个人生活不容易，时不时叫三郎去家里吃晚饭。可能也是出于对三郎这样为了生计不得不兼职打好几份工的贫苦学生的同情吧。那时，三郎生来第一次吃到了烤鸡、海鲜汤、罗宋汤这些菜肴。

女朋友帮她母亲一起准备晚饭的时候，三郎就和她父亲在客厅里听音乐。有女性在场的时候，她父亲的话不多。可到了只剩他和三郎两个人的时候，他的话匣子就打开了。从喜爱的古典乐到自豪的工作，三郎都津津有味地听着。有时候，女朋友和她母亲走过来问三郎是不是觉得这些很无趣，三郎都发自真心地说不是。

三郎不是为了讨好恋人的父亲，而是人到三十才有这种和长辈之间心意相通的对话，这让三郎感动不已。他想成为她父亲那样的人，头脑聪敏、宽容大度、兴趣爱好广泛，这无疑是三郎心中理想的成年人的样子。三郎就像十几岁时，憧憬着崭新的世界而努力学习那样，汲取着她父亲的知识和价值观。

这样的努力总有一天会得到回报的吧。

大学毕业后，三郎进入了和她父亲同系的投资银行工作。三年后，三郎和女朋友结了婚。婚后三年，他们迎来了长女的出生。之后，随着次女的诞生，三郎夫妇在妻子的娘家旁边盖了新居。

丈人和丈母娘送了一台崭新的钢琴祝贺他们的乔迁之喜。作为搬入新居的第一次演出，妻子和刚学钢琴不久的长女联弹了一曲。丈人和丈母娘坐在全新的沙发上，抱着还是婴儿的次女欣慰地看着他们，这一幕令三郎终生难忘。

♫

“您是要买礼物吗？”

三郎回过头，只见店员正微笑着站在他身后。

“八音盒用了各种各样的乐曲，您可以试听一下。”

店员推着带轮子的小桌，从架子上取下几个八音盒放在上面。三郎看店员拿八音盒的时候丝毫没有犹豫，不知道他是随手拿的还是有什么选取的标准。

“您请慢慢听。”

正当三郎怀疑他是不是要趁势让自己买一个的时候，店员却鞠了一躬后走开了。小桌上摆着五六个八音盒，三郎随手拿起了中间那个。

他试着转动细细的手柄，乐曲流淌出来的时候，三郎差点惊讶地叫出声。

是那首曲子。那首妻子和长女在光亮的新钢琴上联弹的幸福的乐曲，正以质朴的音色从八音盒里流淌出来。

令人怀念的乐曲很快就奏完了一整首。正当三郎打算再转一次手柄时，口袋里的手机响了起来。

三郎把八音盒放回小桌上，急急忙忙地走出了八音盒店。他一手带上店门，一手按下了手机的通话键。

“喂，三郎吗？刚刚你打电话来了？”

是母亲。

“你今天晚上不住家里吗？你老婆说你今晚会到这里，怎么你们说的不一样啊？”

“我明天早上再过去。”

“这样啊。”

三郎听出母亲欲言又止，于是抢先换了话题。“明天会来多少人？”

“大人的话，大概二三十个吧。”

“那又会很热闹吧。”三郎想想那个场面就郁闷。

父亲葬礼的时候也是这样。出殡前家里的气氛多少还有些伤感，可等到父亲的遗体火化后，大家回到家里吃饭，气氛就和往常聚会一样了。亲戚们说父亲生前喜欢热闹，所以都尽情闹腾，最后演变成了三郎父母双方亲戚间的卡拉OK比赛。虽说比起消沉的气氛，大家聚在一起欢快地推杯换盏确实更合父亲的意，可这却让三郎的妻子目瞪口呆。所以这次她拒绝和三郎一起回老家参加父亲的周年忌，想必是再也不想体验那种可笑的场面。

父亲喝醉之后也经常唱歌。那个演歌歌手的歌父亲自然唱得最多，毕竟连儿子的名字都是取自那个歌手的名字。他还经常跟着电视机里播放的音乐唱歌，洗澡的时候也会高声唱起来。

可父亲是个五音不全的人，这一点他毫无自知之明，但对别人的要求却很严格。和渔民朋友们一起去唱歌的时候，批评别人的歌声是噪声啦，看业余歌唱节目的时候，指责别人唱成这样还敢在人前唱歌啦，总之就是嘴上不饶人。母亲常说，父亲说这些并没有什么恶意，正是因为对着亲近的人他才会说些刻薄的话。可听了这些刻薄的话，哪有人会高兴呢？

在订婚仪式和婚礼前，三郎曾很担心父亲也会像往常那样尖酸刻薄。自己这边的亲戚也就罢了，但是丈人、丈母娘以及妻子那边的亲戚都是第一次和父亲见面，三郎实在不想让他们留下不愉快的回忆。他像大学毕业就职那会儿一样，祈求父亲不要干预自己的事。他不想让这桩良缘因为父亲的缘故而告吹。

令人意外的是，父亲出奇地安分。这令一直惴惴不安的三郎也大感意外。不过眼前的场合一定会让父亲十分不习惯。熙熙攘攘的大都市里，高楼大厦鳞次栉比。此前从未踏足过的历史悠久的料理店和高级酒店的氛围，以及亲家亲戚们干练的身姿，这些让平时如此不羁的父亲也倍感压力吧。自从三郎离开老家以后，他和父亲之间就再也没有过什么激烈的争执。

但是三郎记得很清楚。

当年叔叔来祝贺自己考上大学的时候，父亲不好意思地说着“这小子除了念书以外什么也不会”；听说三郎的工作单位后，父亲一脸不快地说什么“就是个借钱的地方呗”；见完亲家后，父亲不屑地说对方“净是一帮左右逢源的家伙”；三郎好不容易拿到休假，带着妻子回家过年，父亲张口的第一句话却是“不回来也行”。

三郎他们有了孩子以后，就不再回老家了。长女患有哮喘，老家寒冷的气候会加重孩子的病情；平时不怎么让人操心的次女，偏偏一坐飞机就从起飞哭到落地，两个小时都不停歇；三郎在职场上出人头地后，工作就更忙了。所以，除了偶尔带两个孙女回老家给爷爷奶奶看看，或是有红白喜事不能不去参加，其余时间三郎一家都不回老家了。

唯一让三郎放心不下的就是母亲。这么多年来，母亲夹在自己和父亲之间调停很是辛苦，三郎对此也很过意不去。

“三郎，你明天当天就要回东京吧？到时候你看时间差不多了就走吧。”母亲说道。

“没关系的。早上我也会早点过去的。”三郎一边答道，一边想起了姨妈刚刚说的话，“这次我一定会早点去的。”

三郎说完这句，听到母亲在电话那头的叹息声。

三郎没能见上父亲最后一面，这事儿在守灵的亲戚间传遍了。虽说当面指责三郎是个不孝子的只有姨妈一个人，但三郎知道其他人心里肯定也是这么想的。

“对不起啊。”母亲突然说道。

三郎当时并不知道父亲已在弥留之际。

其实，就连父亲住院，三郎都毫不知情。母亲只是告诉他父亲要去做个检查，并没有什么大碍，因此也没有特地告知三郎。可是临近出院的时候，父亲的病情却突然加重了。

“反正见了面也只会吵架，反而让他之后心里一直不好过。”父亲弥留之际命令母亲不许叫三郎回去。其实，父亲几个小时后就去世了，即使当时三郎立马从东京赶回去，也来不及见父亲最后一面。

尽管如此，三郎还是觉得没有必要向姨妈她们一一解释了。父亲在弥留之际都不想见儿子最后一面，父子关系之差可见一斑，就只这一点本身就已是三郎的不孝了。

“对不起啊。”母亲又重复道。

父亲生前就是如此，连死后都要让母亲如此为难，这让三郎气不打一处来。

“算了，至少不用互相看不惯了，大家都轻松。”三郎压抑住心头的焦躁，开玩笑似的说道。

可母亲的声音听上去还是有些奇怪。“三郎能来，你父亲一定很高兴。”

二十多年前三郎回老家的时候，也经常听母亲这么说。虽然三郎看不出父亲有什么高兴的，可每到这种时候，为了不让场面太难看，也为了照顾母亲的心情，三郎都不会说什么。

迄今为止，他从未唱过反调，可事到如今，早已没有必要了吧。

“他一点都不高兴。”三郎回嘴道。

“没这回事。”

“他当然不高兴。那个人怎么会高兴呢？他连最后一面都不想见我。”

一阵尴尬的沉默过后，母亲思索了半天的话语从电话那头传来。“因为你父亲是个老顽固啊。”

这点不用母亲说三郎也知道，他太了解父亲了。而母亲又一味地包容他的脾气，才让他变本加厉。

母亲犹豫了一会儿，又说道：“我没告诉你，你父亲说‘三郎太忙了，别去打扰他’。”

这次说不出话来的变成了三郎。

清晨，沿着平缓的山丘修建的陵园里空无一人。薄雾笼罩中，只听见几只小鸟在轻声鸣叫。三郎一路拾级而上，渐渐有些气喘吁吁。

他在能鸟瞰海面的位置找到了父亲的墓碑，弯下腰供奉上一束并不艳丽的鲜花。

“早上好。”小路那头传来了声音，“你来得真早啊。”

母亲一手提着木桶和水勺，一手拿着一束鲜花走了过来。她身上穿着居家服，脸上也没有化妆，但气色比葬礼的时候看起来要好得多。这让三郎舒了一口气。

“那是什么？”

三郎昨天和母亲通完电话后，回到了那家八音盒店。

小桌子还像刚才那样放在架子边，店员还没收拾。可是小桌上摆放着的八音盒每个看上去都差不多，根本无从分辨哪个是他刚刚试听过的。三郎随手拿起一个八音盒转动了手柄。虽然箱体很小，却清晰地流淌出动听的乐声。

三郎听到那个旋律的时候，差点失手摔坏了八音盒。

乐声戛然而止，可三郎却很熟悉这首曲子。不过并不是他刚才听的那一首。

三郎茫然地拿着那个八音盒呆立在原地。他抬起头来，视线正对上从店的里侧看向他的店员。店员微微一笑，仿佛对三郎的状况了若指掌。

结账时，三郎终于回过神来。陌生的店员不可能对自己的情况一清二楚，能选到这首曲子一定只是偶然罢了。要是自己问他是怎么选中这首曲子的，反而会让对方困惑不解吧。三郎在心中反复思考，拼命抑制想要开口询问店员的冲动。

三郎蹲在墓碑前，转动起八音盒的手柄。

“啊，这首曲子……”母亲眯起眼睛，双手在胸前合十，“真令人怀念啊。”

这是三郎第一次听八音盒演奏演歌。八音盒略带木讷的音调和歌手低沉优美的嗓音，以及父亲完全不着调的歌声都有所不同。

仿佛是受了音乐的鼓动一般，那些本打算永远不说的话从三郎的口中说了出来。“要是告诉我就好了。”

母亲看看墓碑，又看看三郎。“对不起。我想要满足你父亲的愿望。”

三郎也能理解。母亲直到最后，不，正因为是父亲生命最后的时刻，她才更想尊重父亲的意愿。

父亲一定是想尽办法不想让三郎知道自己的真实心意吧。现在在天上也许后悔了吧，可父亲一直都是这种万事都要顺着自己的心意来的性格啊。

可是……

“事到如今，为什么要告诉我呢？”

“已经没什么必要隐瞒了吧。”母亲微笑着看了看三郎。她更换了墓前的鲜花，点燃一炷香后开始祝祷。

“你经常来这儿吧？”

“是啊，差不多每天都来吧。趁我还坚持得了的时候，就多来看看吧。”母亲这话不像是对三郎，而像是对着墓碑说的，“正好也锻炼锻炼身体。而且这里风景也很好啊。”

顺着母亲的视线，三郎也望向海面。乳白色的晨雾不知何时已经消散，朝阳照射在海面上波光粼粼的景象从这儿看得一清二楚。

“我知道了。你什么时候改变主意了，随时告诉我。”三郎嘴上这么说，心里却很清楚母亲大概是不会改变主意的。虽然不如父亲那么严重，可母亲的性格也是出人意料的顽固。

“东京也没什么不好的。”

“谢谢你，也许哪天我会去东京要你照顾。”

母亲抬头看了三郎一眼，又转过去看着墓碑，说着“就像你爸说的那样”之类的话。

“就算你爸不在了，还有三郎啊。有三郎在，没什么好担心的。”

三郎假装没有听见，再次转动起八音盒的手柄。清亮的乐声乘着强劲的风，飘向闪着银光的海面。

拜厄

Episode 05

香音已经很久没有来过这个建在丘陵上的教堂了。

盛夏强烈的白色阳光炙烤下，天蓝色的三角形屋顶、圆形的花窗、蛋壳色的墙壁和巧克力色的门都和香音记忆中的一样。门边长方形的花坛里散乱地种着红黄相间的花朵，花丛中央立着一个木制的十字架。两棵枝藤缠绕的树中间停着一只蝉，它正歇斯底里地鸣叫着。

香音在十字架前停下脚步，那只蝉挤出了最后一声“吱——”，然后飞走了。

香音觉得奇怪，十字架怎么和自己差不多高呢？哦，不是十字架变矮了，是自己长高了。上次来这里都是她幼儿园毕业时候的事了。

香音掰着手指数了数，已经过去三年零五个月了。

香音小心翼翼地推开门，走进了教堂。湿润冷冽的空气扑面而来，正好缓解了香音身上的燥热。教堂里空无一人，中间的走道笔直地通向正前方的祭坛，走道两侧整齐地排列着木质长椅，祭坛上竖立着一尊怀抱婴儿的圣母像。

香音的视线掠过长椅、祭坛和圣母像，落在了左侧角落。和她记忆中一样，那里摆着一台棕色的管风琴。阳光透过花窗斜射进来，正好在琴键上投出一个个蓝色、绿色或是橙色的斑点。

香音快步走过长椅间的走道，心中满是对旧日的怀念之情。这种感觉就像是在家附近偶遇了幼儿园同学一般，不，也许比这更强烈。

香音第一次弹这台管风琴是幼儿园小班时候的事。

由教会运营的两年制的幼儿园就在教堂后面，两层楼的幼儿园地方不大却很整洁，还有小小的庭院和游泳池。幼儿园里只有少数是教徒的孩子，大多数都是像香音这样住在附近的孩子，他们连基督、圣母玛利亚和耶稣是谁都不知道。也就是音乐课唱赞美歌和午饭前的祷告有些基督教色彩。

刚上幼儿园的时候，香音每天都很不快乐。

香音是家里的独生女，之前也没有上过保育院，她不太习惯和同龄的孩子相处。香音还是个早产儿，体格弱小，虽然没有被其他孩子欺负，但她无法融入他们的游戏圈，自由活动时间她会跑出教室，一个人无所事事地待在庭院的角落里。

“我们家的孩子没事吧？”香音的妈妈很为内向的女儿担心。

老师却笑着回答：“虽然香音有些不太合群，但她是个认真的好孩子。”

香音做事确实很认真，但是总不见有什么成果。

幼儿园里要做的事对香音来说都太难了。她跑得慢、恐水，玩游戏的时候因为手脚不协调而摔倒，画画也不行。香音自己都不明白，为什么她明明努力去做了却始终做不好呢？

无论香音跑步得了最后一名也好，母亲节把妈妈画得像妖怪似的也好，妈妈从来没有责备过她，而是表扬她尽了全力，或是高兴地感谢她为自己画了画像。每每听到其他孩子的妈妈责备自己的孩子为什么没做好的时候，香音心里就会充满安全感，因为她的妈妈十分温柔。

香音在日复一日的努力中渐渐地适应了老师和朋友，她开始觉得幼儿园的生活虽然说不上有多快乐，但至少不那么痛苦了。可有一件事她却无论如何都适应不了。

香音很不喜欢吵闹的环境。

幼儿园里几乎随时都有孩子在哭闹，厉害的时候甚至会出现所有孩子一起放声大哭、叫喊的情况。这种噪声搞得香音的脑袋嗡嗡作响，还出现了头痛和晕眩。一周数次的合唱时间对于香音来说简直就是酷刑。班上的同学毫不在意音准，跑调的歌声让香音浑身难受。

香音不服气地扯起嗓子来唱，可合唱声宛如大海的怒涛一般，她的微弱声音立刻就被湮没了。香音头痛欲裂，嗓子也疼痛难忍，只能茫然地动动嘴唇，等待着歌曲的结束。

有一天，香音实在忍不住了，歌唱到一半的时候，她用双手捂住了耳朵。可无论她捂得多用力，粗暴的歌声还是会透过指缝漏进她的耳朵里。香音蜷起身子蹲下来，捂住耳朵的手上越发用劲。

香音觉得有人在拍她的肩，她抬起头看见老师站在她面前。香音慢慢地放下手来，歌声不知什么时候已经停止了。

“香音，你怎么了？”

周围的孩子们都一脸惊讶地看着香音。

“很不舒服吗？哪里疼啊？”

香音如实以告，老师听后露出了为难的表情。

那天放学，老师叫住了香音的妈妈，两人在空荡荡的教室一角严肃地聊了很久。

“她一直很听话，从来没有出现过这种情况……”“当然了，我知道香音不是那种会对其他小朋友恶言相向的孩子……”老师的声音断断续续地传过来，香音有些惴惴不安。

“香音，你讨厌唱歌吗？”回到家后，妈妈问香音道，“为什么突然……你不是一直很喜欢唱歌的吗？”

说到这儿，妈妈突然“啊”地叫了一声，然后死死地盯着香音的眼睛。

“难道是那些声音让你不舒服？”

老师说的没错，香音是个听话的孩子。无论是在家还是在幼儿园，香音从来不耍小性子，不偏食也不顶撞大人，没有相处得特别不好的孩子，也没有什么关系特别好的朋友。

唯独声音是个例外。香音对声音可以说是爱憎分明。

香音的家里很少有刺耳的声音，只有电视机发出的声音偶尔会打破屋子里的平静。如果电视里播放的是主播用平淡的语调报出来的新闻，或是添加了不喧宾夺主的背景音乐的纪录片，这都没有关系，可要是播放的是综艺、讨论类的节目或是给小孩看的动画片，那香音就会受不了。

“那声音真讨厌。”

只要香音一抱怨，父母就会赶紧把电视关掉。

“香音的耳朵真是敏锐呀。”

“香音喜欢悦耳的声音吧，歌也唱得很好呢。”

“明明你我在这方面都没什么天赋，真不知道女儿像谁。”

“可能是‘香音’这个名字起得好吧。等她再大一点，让她学样乐器吧。”

房间里安静得没有多余的杂音，父母经常这样悠闲地聊着香音的事。

♪

第二天，妈妈连忙向老师解释：“这孩子听觉很敏锐，一下子听见很多嘈杂的声音，她身体就会不舒服。”

“但是，唱歌的时候也不能让香音到外面去吧。”

老师环顾了一下教室，突然拍手道，“对了，让她站在伴奏的乐器旁边，多少能好一些吧？”

老师手指着教室的角落，那里放着一台立式钢琴。她似乎明白了让香音不舒服的不是音量，而是音调。

老师猜得没错，香音并不是觉得响的声音很吵。风起雨落、滚滚雷鸣、动物嘶鸣……这些声音就算稍微响一些香音也不会觉得吵。香音喜欢在野外倾听自然的声音——小溪淙淙的流水声、苍蝇扑扇翅膀的声音、树叶飘零的声音、波涛拍岸的声音……世界充满了悦动的乐声，香音永远都听不够。

几天后的合唱时间，老师让香音站在最前排的右起第一个，也就是离钢琴最近的位置。

大家一开口就打破了香音仅存的希望——实在是太吵了。

但是还能怎么办呢？老师已经给她特殊待遇了，而且站在这里已经比之前被不着调的歌声包围时好多了。香音正心烦意乱，忽然有一丝澄澈的乐声飘进了她的右耳。

是钢琴声。

香音稍稍将身体转向钢琴，钢琴的音律精准，节拍准确，听上去无比悦耳。老师柔软的十指在黑白琴键上跳跃，香音的目光紧紧追随着老师的手指，耳中只听得见钢琴和自己的声音。

从那天起，香音开始了辨音练习。

通过辨音练习，香音能从无数嘈杂的声音中挑选出自己想听的声音来。练习的关键就在于集中注意力，做到这一点，即使是那些沉落在杂音漩涡最底层的声音也能挑拣出来。

自从掌握了辨音的方法，不光是合唱时间，待在幼儿园的所有时间都变得前所未有的轻松。有时香音会因此听漏老师说的话，或是忘了在朋友说话的间隙附和几句，久而久之大家就更认定香音是个不合群的孩子。

痛苦的合唱时间如今却成了香音最期待的时刻。她每次都装模作样地动动嘴，眼睛却紧紧地盯着老师在琴键上跳跃的手指。香音一句歌词也记不住，可手指的动作和钢琴的音色融为一体，却令她过目不忘。她没有刻意去记这些，但却印象深刻。

暑假结束后，老师带来了一件乐器。第一眼看到这件乐器的时候，香音就觉得很奇怪。那件乐器的形状看上去像是个不完整的假钢琴，好像是把钢琴的键盘部分取了下来，还缩短了长度。白键只有十九个，黑键也只剩十三个。

“这个是电子琴。是教会成员捐赠的。”

老师的手指开始在小小的键盘上游走。看着欢呼雀跃的同学们，香音心里有些失落。电子琴的声音虽然和钢琴相似，但音色却轻薄得多。假的就是假的。

“大家按照顺序排队，一个个来试啊。”

大家都围到了新“玩具”周围。一个上着钢琴课的女孩子用还不娴熟的指法弹了一首童谣的几个小节。经常在教室里奔来跑去的活泼的小男孩用手掌重重地按在键盘上，电子琴发出极为不和谐的声响。

通常香音不会抢在前头去看教室里的新东西，因为新东西周围一定是噪声的漩涡。虽然已经能挑选自己喜欢的声音来听，但她还是想尽量避开这种场合。

但是这次却不同，香音挤到了放电子琴的桌边，焦急地等待着轮到自己。香音觉得自己浑身燥热，她太想摸一摸钢琴了，就算是“假的”钢琴也好。

终于轮到香音了，她站到键盘前，深深吸了一口气，然后把双手放到键盘上。

熟悉的旋律流淌而出，是那首大家一起合唱的外国民谣。

围在桌边的孩子们就像被遥控器控制了似的，渐渐没了声音。接着不知是谁跟着音乐小声地唱起了歌。当香音弹完整首歌曲的时候，孩子们已经在大合唱了。

弹完最后一个音符，香音的心才平静下来。她难以置信，自己的双手竟然能这样在琴键上移动。老师看见这幅情景也惊得目瞪口呆。

“香音，你学过钢琴吗？”

香音摇摇头。

背后传来关门的声音，香音从管风琴盖上挪开手。

一个弯着腰的老太太走了进来。时值炎夏，老太太却穿着一件黑色的长袖衬衫和一条黑色的长裙。她没有注意到香音，颤颤巍巍地走到祭坛前跪下，低着头念念有词。

虽然香音不讨厌老太太嘶哑的声音，但是老太太的话是说给神听的，所以香音还是选择把它过滤掉了。

香音闭上眼睛靠在管风琴上，过了几秒，窗外小鸟的鸣叫声吸引了她的注意。

在幼儿园老师的建议下，香音开始去附近的钢琴培训班上课。现在她已经成为了幼儿园音乐会和教会礼拜活动的伴奏，偶尔还会有成人的唱诗班找她伴奏。香音始终原原本本地照着乐谱来弹奏。大家对她的伴奏都赞不绝口，夸她弹奏的歌曲音调准确、节奏稳定。

香音听那些著名钢琴演奏家的演奏CD，发现同一首乐曲由不同的人弹奏出来的感觉完全不同，每个人弹奏的乐曲都展现出了他们的个性。可是香音自己弹奏的时候，却会一丝不苟地遵循乐谱上的指示。她觉得乐谱是让钢琴世界充满乐趣的神圣地图，专业的演奏家或许可以按照自己的个性来弹奏，可是香音这样的小孩子是绝对不可以随意更改乐谱的。有时香音也会模仿CD中的演奏，故意让弹奏的速度、踩踏板的节奏和乐谱上的有所不同，但她总感觉不太和谐。

培训班的老师严格地教授过识谱的方法，五线谱上的音符和琴键如何对应、音符和休止符的长度、记号和字母的含义等等都是必须熟记的。因为要记住的东西实在太多了，一开始香音脑中一片混乱，心中暗自抱怨还不如直接看手指的动作来得快。可渐渐她就发现，这些乐理知识一旦记住就会让弹奏方便很多。那些记号就算再复杂，也比平假名[1]和汉字要简单。

香音很擅长听音。就算站在看不见键盘的位置，她也能准确猜出弹奏的是哪个音。无论是多么复杂的和弦，香音都不会猜错。她甚至还可以做到听完几小节或是整首乐曲之后，能完整地再现出来。

---

1 平假名是日语使用的一种表音文字，大部分由汉字的草书演化而来。

那个时候可真好啊，无论是在培训班还是幼儿园，大家都对香音称赞不已。这让香音十分自豪，她的父母也引以为傲——畏首畏尾、一无是处的女儿终于有了强于他人的长处。

窗外的小鸟停止了鸣叫。

香音睁开眼睛，用手抚摸着管风琴的盖子。这种光滑的触感记忆犹新，她尤其喜欢在教会弹奏的管风琴，它浑厚饱满的音色直达高耸的屋顶，继而回荡在整个教堂里。

老太太在胸前画了一个十字后站起身来，她的目光停留在香音身上。她以为香音排在她后面，所以做了个手势让香音上前祈祷。香音不得不走上前去，站到圣母玛利亚像前。

神啊，我该怎么办才好。

香音在心中问道，可却没有得到回答。是啊，教会的牧师和幼儿园园长都说过，神只会向没有邪念的人伸出援助之手。而现在的香音是不会得到救助的。

香音听见身后又传来开门的声音，听纷杂的脚步声大概有五六个人。香音转过头去。

走进来的是一群吵吵嚷嚷的中年妇女，其中有几位还是香音认识的人。她们是圣诞唱诗班的成员，可能是来这儿练习的吧。刚才祈祷的那位老太太正坐在长椅上休息，看见唱诗班进来，她也和几个熟人打了招呼。

原本静谧的教堂里充斥着人们的交谈声。香音拿起放在管风琴前的座椅上的包，贴着墙悄悄走出了教堂。

♫

烈日当空，香音漫无目的地往山丘下走去。走过公园旁的小路时，她看了一眼园里的时钟——快三点了。

钢琴课马上就要开始了。

如果没等到香音去上课，南老师一定会怀疑是自己记错了上课的时间。平时哪怕是香音忘了说要更改上课时间或是忘了做作业，老师也只会怀疑自己的记忆力。

“上了年纪记性就不好了，真烦人啊。”

南老师确实上了年纪，她双鬓斑白，脸上布满了皱纹，完全看不出来和CD封面上印着的那个年轻人是同一个人。老师的双手青筋突起，血管和斑点也清晰可见，很难想象这双看上去虚弱无力的手竟能在琴键上如此自由地游走，还能弹奏出强劲悠远的音符。

香音第一次见到南老师是她上小学二年级的时候。

她一年级的时候还和幼儿园时期一样，去附近的钢琴培训班上课。每周一节的钢琴课总是令她无比期待。

在课堂上香音有时会弹奏小学高年级甚至是初中生的练习曲，除此之外，每天她都会在家里练习三四个小时，周末练习的时间会更长。香音的妈妈有时候都会担心她是不是太刻苦了。

暑假期间，香音参加了邻市举办的中小学生钢琴比赛。比赛当天，香音被举办演奏会的音乐厅和巨大的三脚钢琴深深吸引住了——高级钢琴发出的声音让人心潮澎湃，会场的音响效果也异常美妙。比赛前一天香音还担心自己是不是能在评委面前发挥稳定，可现在她的心情却无比兴奋。唯一的遗憾是不能弹奏她练习的曲目。小学组分为一到三年级的低年级组和四到六年级的高年级组，低年级组的指定比赛曲目是香音幼儿园时就学过的《布尔格缪勒练习曲》，可香音觉得起码也得让她弹高年级组的《肖邦练习曲》啊。

香音从没想过自己能战胜二三年级的人。赢得比赛后，她的父母比她更高兴。香音感谢了她的妈妈，她看见妈妈的眼里闪着泪光。奖杯金色的底座上装饰着一个音符，香音把这小小的奖杯紧紧地抱在胸前。

“妈妈不会弹钢琴，所以以前也不知道香音弹得这么好。但是从今往后，妈妈会好好培养你的。”

香音不知道妈妈是问了培训班的老师还是在比赛的

时候问了其他家长，总之，她打听到著名钢琴演奏家南明子退休后就住在这个街区。南老师除了自己在音乐上成就显赫之外，也培养了许多得意门生。

“这都是过去的事了。”初次见面的时候，南老师对香音的妈妈说道，“现在我已经老了。之前在电话里我已经说过了，回到家乡后就不再带教了，今后也没有这个打算。”

即使在电话里被拒绝了许多次，香音的妈妈也没有放弃。她硬是带着香音去了老师家，无论如何都希望能和老师见上一面。她们找到了老师的住处，是一栋古旧的房子，看上去就像一架精心调过音的颇有年代感的钢琴。

“拜托您了，请听一听这个孩子弹琴吧，一次就行。”香音的妈妈从沙发上站起来，深深地鞠了一躬。这让香音有些不知所措。

老师为难地看了看她俩，终于还是站起来走到里屋的一架三角钢琴前。书架上整齐地排列着一本本乐谱，老师从中抽出一册蓝色封面的放在乐谱架上。

“那就弹弹这首吧。”

香音紧张地靠近钢琴，老师帮她调节好椅子的高度。

香音坐下来看了看乐谱。虽然她没弹过这首曲子，但比她想象中的要简单，她稍稍安心了一些。这首曲子除了拍子有些不规律外，旋律很简单，也没有高难度的指法和复杂的和弦，应该是首入门的练习曲。

香音全神贯注地弹奏着，等她毫无差错地弹奏完毕，手指离开琴键后才反应过来这是一次测验。

香音不安地看向老师，只见老师的脸上露出了微笑。这是她们进门后第一次看见老师笑。

接着，老师用柔和的语调说道："弹得不错啊。"

香音站在十字路口，抬起手擦了擦额头上的汗水。

现在还赶得及去上课。从这里右拐，沿着小路往回走，五分钟就能到老师家。

现在还来得及——香音心中默念着，脚下却朝左边走去。

她沿着运河边的石子小路不停步地往前走去。背上的书包里装着沉甸甸的乐谱，肩带勒得她肩膀生疼。

香音又热又渴。

课前课后，南老师都会给香音端来茶水。这么热的天，老师一定会先端来冰镇的大麦茶，然后才是温热的红茶。师徒俩经常一边喝着红茶，吃着曲奇饼干和巧克力，一边闲聊。欧洲留学、东京演奏会、管弦乐伴奏……师徒俩无所不谈。老师还会让香音听她推荐的唱片。

“这首曲子香音应该会喜欢。”

南老师从来没有猜错过。给香音布置作业的时候也是如此。以前钢琴培训班的老师布置作业的时候，会让大家照着一本练习曲曲谱里的顺序依次练习。可南老师不一样，香音弹完一首曲子以后，老师会从书架上另拿一本曲谱来。南老师选的曲子，国家、时代以及作曲家都各不相同，可每一首曲子都是香音喜欢的。

南老师后来才告诉香音，第一次见面她让香音弹的是拜厄的曲子。

“以前在培训班没学过吗？”

“没有。”

“是嘛，看来现在不太流行了啊。以前大家都把拜厄的曲子作为入门的练习曲呢。”

香音很喜欢拜厄的曲子，她经常照着老师送给她的曲谱在家里练习。曲调并不新颖，还有些单调，可只要手指自然地在琴键上跃动，香音就会觉得浑身轻松。

香音在运河上的小桥上停下了脚步。她听见有音乐声传来，不是拜厄的而是更为复杂的重奏曲。

是幻听吧。最近香音常常出现幻听，有时只有几小节，有时长达一整首曲子，对此她已经见怪不怪了。今天她听到的是《巴赫二部创意曲 No.8》。之前听到过的曲子还有门德尔松的《无词歌》和斯卡拉蒂的奏鸣曲。这三首是香音两周前参加地区钢琴大赛时弹奏的曲目。

这次的钢琴大赛名气比香音一年级的时候参加的那次要大得多，是全日本难度最高的学生钢琴比赛。小学组规定四年级开始才能报名，香音今年也是第一次参加。

巴赫的曲调在香音耳边不停回响，她环顾四周，不见一个人影。狭窄的小路尽头有一家古朴的咖啡店，店门口竖着一块广告牌。咖啡馆对面有扇厚重的木制大门朝外大开着，从沿街的橱窗来看，大概也是家店面吧。橱窗的玻璃反射着阳光，看不清里面陈列着什么。

香音越朝前走去，巴赫的乐曲声就越清晰。

咦，这次的幻听与往常的有所不同。不知为何只有右手弹奏的主旋律重复出现了好多次，却听不见本应配合着主旋律出现的左手弹奏的音调。这曲调的音色也和钢琴不同，听上去更加尖细、生硬。这是什么乐器呢？香音觉得自己好像在哪儿听过，可又想不起来了。

香音终于确定这声音不是幻听，而是切切实实从外面传进她耳朵里的。声音的源头就是那扇大开着木门的小店。

她小心翼翼地走近木门，探头朝店里张望。

果然是家小店。店内左右两侧的墙面都被高高的架子遮挡住了，店内站着一个穿黑色围裙的店员，他面向架子站着，香音只能看到他的侧脸。店员的脚边摞着好多纸箱，难道是在大扫除，还是要搬家了？怎么看都不像是营业中的店铺。

不知不觉间巴赫的乐曲声已经停止了，周围安静得出奇。难道乐曲声真的是自己的幻听吗？这家店里看上去也没有什么像乐器的东西啊。

正当香音想转身离去的时候，店员突然走了过来。他炯炯有神的双目看着香音说道："欢迎光临。"

可把香音招揽进店以后，店员就回到了之前的位置，背对着香音又开始整理起架子上的东西。

香音漫无目的地在店里逛了起来，她是第一次来这种个人经营的小店。比起阳光强烈的室外，店内的光线有些暗。店里很安静，只有角落里巨大的旧电扇摆着头，发出低沉的轰鸣声。

香音走近店员背后的那个架子，上面摆放着许多透明的长方形盒子，每个盒子里都装着金色的器械。

原来奏出巴赫乐曲的是这个啊。

“您选好了曲子的话请随时告诉我。”手头的活暂时告一段落，店员走过来对香音说道，“您也可以选择定制。”

店员对香音说话的语气十分礼貌，就像接待一个成年的顾客。

香音慌忙答道：“呃……那个……我就是随便进来看看。”

在店里逛了半天。事到如今才说不买实在是有点不好意思。可是香音身上没带什么钱。

“我走着走着，听见了巴赫的乐曲声。因为我知道这首曲子，所以……”

“巴赫？”店员若有所思地瞪大了眼睛，“您耳朵可真灵敏啊。”

他像是吃了一惊，回头看看背后的架子。“嗯……巴赫的话……”

“啊，不用找了。”香音连忙叫住了店员，她没打算买八音盒。

这时，香音又感到奇怪。明明进店之前一直能听到巴赫的乐曲声，怎么这会儿就听不到了呢？难道真是自己的幻听吗？店员刚刚夸她耳朵灵敏只是为了讨好客人？

“不好意思，我没带钱。”香音有些难为情地说道。

“钱？”店员有些惊讶，继而恍然大悟般拍手道，“原来如此。那请您收下这个。”

他说着抱起脚边的纸箱放到香音面前。“如您所见，正巧店里今天在清点库存，请挑选一个您喜欢的八音盒吧，免费的。”

只见箱子里装着许许多多小小的八音盒。免费送我八音盒吗？呆立着的香音满心疑惑。

“您赶时间吗？”

香音本想问店员为什么要送她八音盒，可是却没有开口。钢琴课开始的时间已经过去很久了。

香音在地区钢琴大赛中获得了小学组第四名，但是只有前三名能代表各自的年级组去参加全国比赛。也就是说，香音在预选赛就被淘汰了。

公布比赛名次的时候，香音大吃一惊。她从来没有指望能进入前三名，相反听完其他参赛者的演奏之后，她清楚地意识到自己的水平远在他们之下。

香音没有丝毫的悔恨，她在比赛中发挥出了最好的水平，尽全力演出后的成就感完全替代了她心中的些许遗憾。南老师也表扬了她出色的现场发挥。

可是香音的妈妈觉得无法接受。

“怎么会这样？”公布比赛结果的时候，香音的妈妈一脸茫然，“香音明明是弹得最好的啊。”

妈妈这么说不是为了安慰香音，而是真心这么认为。直到颁奖仪式结束，妈妈都不肯从座位上站起来，口中还一直念叨着“为什么，为什么”。

香音不知如何是好，只好怯怯地说道：“对不起。”

“这不是香音的错啊。”爸爸苦笑着说，“第四名也很了不起了啊。你已经很努力了。”

回家的路上，香音心里十分忐忑。爸爸在开车，妈妈坐在副驾驶座，自己闭上眼睛倚靠在座椅上，妈妈应该会以为她睡着了吧。

谁知妈妈却说道：“也许该给她找个还在带教的钢琴老师。”

香音大吃一惊。她没有睁开眼睛，可是心中却在大喊：这和南老师没有关系！我不要跟着其他的老师学钢琴！

“南老师挺好的啊，香音也很喜欢她。”爸爸说。

“南老师确实是位好老师，但我听说指导钢琴比赛要考虑得分点啦评委考察的方向啦，没那么简单。”

“也不用那么拼命吧，香音的人生里不是只有钢琴比赛啊。”

“现在可不是放松的时候！要想成为专业的钢琴演奏家，香音必须从现在开始就努力练习！”妈妈不快地说道。

“可香音才九岁啊。”

“九岁已经太晚了。其他孩子可是从小就开始接受精英教育了。”

“本来我不想说的，”爸爸压低了声音说道，“你最近是不是有点过分了？”

“过分？”

“不知道是该说你太固执还是太较真了。”

钢琴比赛前，妈妈确实有些奇怪。

香音做暑假作业的时候，妈妈却斥责她有时间做作业不如多去练会儿琴。家里的事情也不让香音帮忙了，比赛结束前，广播体操啦游泳啦这些都不许香音参加了。去年还是香音自己抽空练琴，到了今年就变成妈妈催着她练了。

“既然香音有这样的才华，让她展现才华不正是父母的义务吗？”

“当然，香音想做的事情我们应该让她去做，她想成为专业的演奏家我们也应该支持她，如果她自己想换老师那就换好了。可凡事都由父母事先替她做了决定，这对香音而言压力太大了。比如今天，最失望的人不正是她自己吗？”

妈妈沉默不语了好一会儿后，微不可闻地喃喃自语道：“我只是为了香音好罢了。”

最后，香音还是接过了店员递给她的纸箱。下课时间前香音都不能回家，炎炎夏日，她也无处打发时间。既然对方说免费送给她，那她就接受这份好意吧。

“您这边请。”店员把香音带到里面的桌边。

香音坐了下来，一个接一个地试听箱子里的八音盒。转动箱体底部的发条，八音盒就会奏出乐曲。其中既有香音熟悉的乐曲，也有她没听过的。那些没听过的乐曲从香音的耳边划过，消散在空气中。

八音盒透明的箱体中装着一个表面有许多微小突起的圆筒状部件和一个扁平的齿梳状部件。微小的突起和齿梳发生摩擦就会奏出音符，这似乎就是八音盒的发声

镂　空　处

粘
贴
处

OPEN
粘 贴 处
粘 贴 处

原理。

这和钢琴很像啊，香音心想。平和却略显生硬的旋律持续了一会儿后停止了。

上周是钢琴比赛结束后的第一节课。南老师看着香音的样子，担心地问道："香音，你没事吧，看起来没什么精神啊。"

香音无言以对。

"香音已经很努力了。是不是太辛苦了，所以累了？稍微休息一段时间吧？"南老师继续安慰着香音，"世界上没有谁生来就该拿第一，而且我们也不是为了拿第一而弹。"

接下来的一周里，香音几乎没有弹琴。

她无论如何也提不起劲来练琴——练琴六年，这种情况还是第一次出现。

香音不是因为没能入选全国比赛而意志消沉，更没有因此失去斗志或是自暴自弃。可香音知道，自己现在弹出来的音符毫无生机。所以她不想弹琴，不想让别人听到这样的音乐。

昨天妈妈问香音要不要换个老师。香音只是沉默地摇了摇头，她不知道妈妈是不是明白了她的意思。要用语言把内心的想法表达出来实在是太难了，要是能用音乐传达自己的心意就好了。香音经常这么想，用音乐的曲调来表现悲伤和喜悦不是更容易让人理解吗？

香音其实想对妈妈说，南老师没什么不好的，她没能入选全国比赛并不是老师的错，是她自己能力不足。所以，她更应该加倍努力地练习，让自己弹得更好，让妈妈和老师满意。可是……

"有喜欢的吗？"

听到店员和自己说话，香音才回过神来。她听完的八音盒凌乱地放在桌子上。

"对不起，我还没……"香音不好意思地低下了头。

她只顾着胡思乱想，根本没有认真挑选。对方本是好心免费送自己一个八音盒，自己却挑了这么久，让他不高兴了吧。

"请您稍待片刻。"店员忽然低头对香音说道。

他伸手把长至耳边的头发别到脑后。香音之前都没有注意到，店员那两个轮廓优美的耳朵里各塞着一个透明的器具。

店员麻利地取下器具放在桌上，发出轻微的声响。香音观察起这两个东西来：可能是塑料材质的吧，看上去像是在眼镜脚上切下了两块边角圆润的部分，然后在上面装了个耳塞。

店员没有注意到香音正全神贯注盯着这对奇怪器具。他走到架子边，从上面拿了一个新的八音盒过来。

“这个怎么样？”店员自己拧起了发条。

香音听到八音盒奏出的旋律不禁惊呼：“啊，赞美歌？”

她刚才还久违地想到了这首曲子呢，以前圣歌队演唱这首十八号圣歌的时候常常叫她去伴奏。

那时日子还过得很平静，既没有钢琴比赛，也不认识南老师。手指在琴键上跃动给香音带来的只有快乐。幼儿园的老师、朋友的家长都对香音赞不绝口，圣歌队和前来参加礼拜的人也对她充满了感谢和赞美之情。幼儿园园长曾经感慨万千地夸赞香音的演奏宛如神的恩赐，他让香音要珍惜自己的天赋，要用自己的能力为周围的人带来幸福。

八音盒演奏完后，香音说道：“请把这个八音盒送我吧。”

“太好了。其实我的耳朵也很灵敏。”店员微笑着对香音说道，“这个八音盒的声音非常优美呢。”

“声音真优美啊。”香音耳边突然响起了南老师的声音，一阵苦涩涌上她的心头。

“我给您找个纸盒包装起来吧。”店员说着便站起身来。

香音尽量不去想南老师，对着店员挤出一个笑容。

“咦？”起身到一半，店员却突然皱起了眉。他仔细打量着香音，弄得香音慌张地低下了头。难道他看穿了自己的假笑吗？

“我还有一个八音盒要给您听，请稍等片刻。”

没等香音回答，店员就急急忙忙地朝架子走去。

走出店门后，香音急忙赶去南老师家。

到后来，香音干脆跑了起来。老师家的大门映入眼帘的时候，香音已是大汗淋漓，上气不接下气了。再这么跑下去，她就快摔倒了。香音看见远处有个人影朝她跑来，奔跑的速度、喘气的频率丝毫不亚于她。

“香音！”妈妈飞奔过来，在香音面前站定。

香音从来没有见过妈妈脸上的表情如此吓人。她在原地呆立了一会儿，默默地低下了头。地上漆黑的影子看上去像个乌黑的洞，香音真想立刻跳进去。

“你知道我有多担心你吗?！”妈妈的声音里竟带着颤抖。

香音惊讶地抬起头，妈妈脸上的表情不是愤怒，而是不知所措。

“老师也很担心你啊。你到哪儿去了？”

接到老师说香音没来上课的电话，妈妈就出来四处找香音了。

“对不起。”

“香音，你不想弹钢琴了吗？”

香音惊讶地瞪大眼睛看着妈妈。

“刚才在电话里，我和南老师聊了一下。她建议你稍微休息一阵子，还说上周已经跟你提议过了。”妈妈蹲下来看着香音说道，“你说实话，妈妈不会生气的。我会让你做自己想做的事情。”

香音用手轻轻地抚摸着背后的书包，里面装了纸盒，所以底部摸起来有几个突出的角。

听完店员最后从架子上拿下来的八音盒后，香音惊呆了。不是巴赫的乐曲，也不是赞美歌，缓缓流泻而出的是另一首香音极为熟悉的乐曲。

“您在学钢琴吗？”店员用温柔的声音问道。

“是的。”

但是……香音本想再补充几句。这是她第一次想对一个素昧平生的大人诉说自己内心的想法。

香音心想，这个人能听见我心中流淌的乐曲，这个人会明白我的想法的。

比赛失利、不想练琴、今天翘了钢琴课……香音一股脑儿地把这些事都说给了店员听。店员什么都没有说，只是静静地倾听着，随后把两个八音盒重新放到了桌上。

“挑一个您喜欢的吧。”

香音看了看桌上的两个八音盒。不知道是不是因为尽情倾诉了的缘故，香音觉得心情轻松了许多。

她深深地呼出一口气，指着店员最后拿来的那个八音盒说道：“请送我这个吧。”

店员的脸上露出了微笑，他拿起香音选中的八音盒，拧上了发条。

拜厄的乐曲那朴素的曲调流淌进香音的耳中。

把八音盒装进书包后，香音慌慌张张地冲出店外。她想弹钢琴，她想触摸钢琴的琴键，越快越好。

香音注视着妈妈的眼睛说道：“我要继续弹钢琴。”

世界上没有谁生来就该拿第一，这是南老师上周对香音说的，我们也不是为了拿第一而弹。

香音那时以为老师只是为了安慰她才说了这些。其实，老师只是说出了事实而已。

“我想弹得更好。”

我要再次弹出优美的音符，要成为老师口中那样的不是为了拿第一而弹的人，香音暗自下定了决心。她要让更多人由衷地发出赞叹，就像南老师第一次听她弹琴时那样。

“我知道了。”妈妈摸了摸香音的头，然后站了起来，“那就去跟老师道个歉吧。”

香音和妈妈往老师家走去，却听见拜厄的乐曲声从门内传了出来。

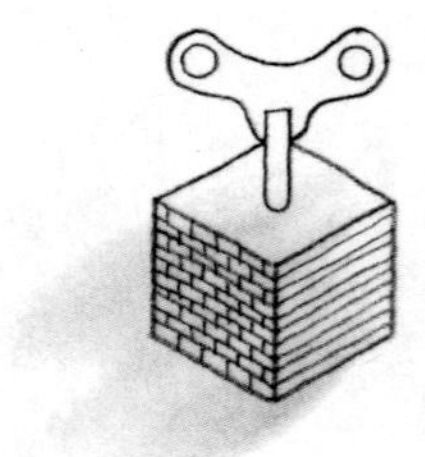

对面

Episode 06

“对面先生”总是突然来到店里。

每次瑞希以为他快来的时候，他倒没来，以为他不会来的时候，他却出人意料地来了，就跟附近的流浪猫似的随心所欲，让人完全摸不透规律。

要说“对面先生”的长相嘛，与其说像猫倒不如说像狗，可能是因为他狭长的眼睛稍微有点下垂吧。“对面先生”整个人看上去色调都偏浅，瞳孔也好，长至下巴的头发也好，都泛着茶色，皮肤也白皙得不输瑞希。而且他整个人散发出的气息也很淡薄，经常悄无声息地站在店门口，让瑞希吓一跳。

店长总说“对面先生”挺有男子气概的，但瑞希却觉得他不是自己喜欢的类型。“对面先生”身材单薄瘦削，年龄也是个谜。他看上去好像跟瑞希差不多大，但如果说他比瑞希大好几岁也不奇怪。瑞希如此在意“对面先生”，并不是因为对他有什么特殊的感情，而是因为他总是突然出现。这家咖啡店除了偶尔会有游客来以外，其他的多半是常年的熟客，他们光顾的日子和时间基本都是固定的。

刚进店门就能看见的吧台一直延伸到店内深处，瑞希一边擦拭吧台一边瞄了瞄门口。

这周“对面先生”一次都没来过。瑞希每天都想着“他今天应该会来吧”，结果到了今天已经是周六了，“对面先生”还是没来。

“瑞希，擦完吧台把招牌拿出去。”站在吧台内侧的店长说道。

“好。”瑞希隔着吧台把抹布放在水槽边。

“还有圣诞树也麻烦你啦。”店长走出吧台，站到角落的电子设备前。他摸着下巴上的胡子，这是店长思考时的习惯。

瑞希双手分别提着高度及膝的广告牌和一株不大的杉树盆栽走出店门。杉树的细枝上只挂着几个红色的蝴蝶结，这种装饰简单的圣诞树很适合这家店的氛围。

瑞希走出店门，欢快的圣诞歌曲也随之听不见了。刺骨的寒意突然向瑞希袭来，她深呼吸了一口。漂浮在空中的气团就像漫画里的对话气泡。

瑞希偷偷张望了一眼相隔一条小路的店。橱窗还是暗的，“对面先生”好像还没来上班。

“对面先生”并不是那个人的真名，因为他是对面那家店的店主，所以瑞希和店长才这么称呼他。

瑞希把广告牌和圣诞树并排放在自家的店门口后，双手环抱在胸前，探出身子向自家店里张望。大门上半部分的玻璃反射着早晨的阳光，宛如一面镜子清晰地映出了瑞希的上半身。

瑞希把脸凑近玻璃，迅速用手理了一下刘海。“对面先生”上午可能会来。算算日子也该来了，他从上周四来过以后就再也没来了。但是瑞希猜他会来的日子，他基本都不会来。

“早上好。”

瑞希被身后传来的打招呼声吓了一大跳。她慢慢回过头，发现“对面先生”正面带笑容地站在她身后。

上午店里总是很忙。

今天是周六，本来客人就会比平时多。不光是熟客，想要悠闲地度过周末上午的上班族男女也常会结伴来店里。这家店算是这一带的浪漫的约会场所。

运河和沿河建造的西洋古建筑确实有着别样的风情。除了主干道上招揽游客的那些店铺外，小路上也多了不少低调的咖啡店和时髦的杂货店，像瑞希这样的当地年轻人也经常来这一带玩。这家咖啡店离中心街道有点远，也算不上时髦，但也时不时会有游客来光顾。

可是，今天游客明显比平时要多。

“不好意思，店里已经满座了。”瑞希对手拿报纸的“日经先生”抱歉地说道。

不光是“对面先生”，店长自说自话地给每个熟客都起了昵称。既有像“日经先生”这样根据手里拿的东西起的昵称，也有根据那个人的口头禅或是外貌特征起的昵称。

说话前一定要先说“老实说”的“‘老实说’先生”；鞋子、包、戒指上的宝石、发色都统一是紫色的“紫色女士”；每次必点蓝山咖啡的“蓝山先生”；情绪随着棒球比赛的结果大起大落，操着一口关西腔的“阿虎先生”……这些充满个性的昵称确实好记，但是也容易一不当心就在本人的面前叫出来。

“没关系，生意兴隆是好事啊。我下次再来。”

虽说“日经先生”丝毫没有不高兴，可是拒绝每周都会来的熟客却让瑞希觉得很过意不去。坐在吧台中央的那对十多岁的情侣，已经摊着旅游指南待了几十分钟了。

“圣诞节了啊。”

确切来说，今天是平安夜。那对情侣散发出的幸福气息飘浮在空中，侵蚀着店里的平静。

瑞希送走“日经先生”后回到吧台，只听店长小声叮嘱她：“瑞希，微笑，微笑。”

“对不起。”

“瑞希笑起来的时候可爱一百倍。”

看着一脸认真的店长，瑞希不禁苦笑。

“对，对，就是这样。”

瑞希早就习惯了接待客人。

中学的时候，她就经常在家里的酒馆里帮忙。酒馆开在住宅区，所以来店里的客人几乎都是住在附近的熟人，没有什么特别难缠的客人，但偶尔也会有一些因为虫子之类的事情而不高兴的客人。瑞希一边在店里帮忙，一边学习怎么招呼各种各样的客人。

酒馆的客人一般只待几分钟，长的也只待十几分钟，但是咖啡店的客人不一样。虽说在咖啡店里工作不用一直和客人交谈，但要随时注意店里有哪些客人。在这里打了两年零工，瑞希接待客人的水平有了很大提升。看来离开自己家的酒馆到外面的店里打工是个正确的选择。

而且这家店里不会有自己的熟人来，这一点也让瑞希很满意。

虽然也有几个认识的客人，但他们不会叫她“酒馆的小瑞希”，而是叫她“服务员”或是“小姐姐”。目前为止，瑞希的家人和朋友都没有来过这家店。

♪

午后，客流如潮水般退去。

店长希望店里主打的是咖啡，所以店里没有经营午餐，点心也只有吐司和三明治之类的不太费工夫的东西。因此，一到午餐时间店里就会闲下来，瑞希能悠闲地吃午饭。

“辛苦了，你去休息吧。”店长对瑞希说道。

瑞希走进吧台里，坐在厨房角落的一张圆凳上，从包里拿出面包吃了起来。站在门口的人看不见瑞希坐的这个位置。

店里只剩店长和瑞希两个人，刚刚没注意听的音乐，现在变得特别清晰。店长嘴里唱着圣诞歌曲，倒了一杯咖啡给瑞希。

“圣诞节真不错呀。”

“是吗？”瑞希双手接过店长递过来的天空蓝的马克杯，歪着头说道。可能觉得自己的语调太生硬了，于是她又半开玩笑地补充道，“圣诞节太忙了啊，不过对店里来说倒是好事。”

“当然是好事啦，每个人看上去都很幸福的样子，不觉得很棒吗？”店长微笑着答道。

这家店怎么看也不像是能挣大钱的，但还是平稳地经营到了现在，也是因为店长的人缘好吧。店长以前好像是在东京上班的，但是退休后回老家开咖啡店是他老早就计划好的。

这家店开了已经快五年了，店长应该也快六十五岁了。可他看上去比实际年龄年轻得多，可能是因为发量多且满面红光的缘故吧。瑞希好几次看到店长跟以“紫色女士”为首的一众年长女性搭话，她们都不好意思地红了脸。

刚来这家店打工的时候，瑞希趁着闲聊问过店长为什么雇用自己。她以为店长会说“因为你高中毕业后在小酒馆帮过一年工”之类的，没想到店长看着她不假思索地回答：“因为你长得漂亮。”

因此，一开始每到店里只有他们两个人的时候，瑞希都会很紧张。没过几天，有个长得跟模特似的俊美青年来店里，店长搂着青年的肩膀介绍说这是他男朋友。自此以后，瑞希就不再紧张了。

“今天几点给‘对面先生’送咖啡？”店长忽然想起什么似的问正在喝着咖啡的瑞希。

“三点。”

大概是瑞希在这里打工两三个月后，店里开始给“对面先生”的店铺外送咖啡。

在此之前，瑞希从来没注意过对面开了家什么店。不管是咖啡店早上九点开门的时候也好，晚上六点关门的时候也好，对面的卷帘门都是关着的，不知道是不是在营业。瑞希没有在橱窗前向店里张望过，也没有进过对面的店，自然也不认识那家店的店主。

“对面先生”第一次光顾咖啡店的时候，瑞希也觉得没见过这个人，并没有特别在意。直到结账的时候，“对面先生”犹豫着开口和瑞希搭了话，这才引起了她的注意。

“请问……咖啡能外带吗？”

“抱歉，不能外带。”瑞希生硬地答道。她心想这个客人真是奇怪，看看这家店的样子就知道不是那种外资的连锁咖啡店了吧。

“那……外卖呢？”

“我们不做外卖。”

瑞希果决地答道，可心里却犯起了嘀咕。这个人住在附近吗？看起来不像住在这一带的人啊，难道是在这里上班？

那时候正好有很多人从其他地方搬过来开店。政府也出台了政策，重新装修了那些可以作为旅游资源的历史建筑，欢迎大家来开店。得益于此，这个地区确实繁荣了不少，可是因为经营不善或是和周围的住户发生纠纷而不得不关门的店铺也不在少数。瑞希家的小酒馆远离繁华的街道，虽说周围也没有开什么新店，但却从商业协会和客人那里听到了不少上述的传闻。

瑞希的父亲经常不耐烦地感叹那些突然从大城市跑到这里来开店的人，简直是把开店当成学校文化节的活动。她母亲也经常附和着说些“现在的年轻人可真是轻率啊”之类的话。那些年轻人开的店瑞希也去过几次。有一次，她去了一家卖手工制作的毛绒玩具的店，从店里的环境布置到拼命招揽客人的店主，都能让人一眼看出这是新手开的店。这些年轻人不是什么坏人，而是看上去太善良了，总让人怀疑这股殷勤的善意背后藏着什么阴谋。

“是吗，这可糟了。”“对面先生”犯难地嘀咕着，手里把玩着已经空了的咖啡杯，“我可冲不出这么好喝的咖啡啊。”

瑞希不太明白这话的意思，想喝咖啡的话来店里喝不就好了吗？她正要开口，只见店长从吧台里走出来替她解围。不知道他是怕瑞希诘问客人，还是因为咖啡受到了客人的赞赏而高兴。

“实在是不好意思，如您所见，我们这是家小店，没有能外送咖啡的器具。”

“啊，器具不成问题。”“对面先生”好像松了口气，“我的店就开在那儿。”他手指着店门，确切地说是指着门外街对面的地方。

“八音盒店？”“对面先生”走后，店长歪着头说，“之前明明是家旧工具店啊，什么时候变成八音盒店了？我完全没注意到啊。”

店长似乎也和瑞希一样，完全没有注意到对面的店铺。可是搬走或是运东西什么的总会有动静吧，店长居然什么都没注意到，也真是太大意了。

7

一到三点，瑞希就用银色的托盘端着两杯咖啡和陶制的奶糖罐出去了。托盘上的分量不轻，为了不让咖啡洒出来，瑞希迈着小步走得很小心。

现在比早晨更冷了，乌云遮住了阳光，天色昏暗得如同黄昏。说不定马上会下雪呢。

瑞希右手托着托盘，左手拉开了八音盒店的大门。门铃“当啷”响了一声。只见店内的桌子边，一男一女两位顾客背对店门坐着。“对面先生”正站在对面弯腰向他们说明着，他注意到瑞希进来了，不易察觉地瞥了她一眼。

“对面先生”的声音不大，瑞希却听得很清楚，大概是因为店里没有其他声音。瑞希想象中的八音盒店应该是播放着音乐的，可这家店里却总是很安静。

“对面先生”之前就告诉过她，不要发出声音影响客人试听八音盒。

除此之外，店里还有很多规矩。比如灯光太亮会分散客人的注意力，所以店内的灯光都打得很集中；比如为了让客人能试听更多的乐曲，就把数量众多的八音盒都陈列在了架子上；再比如为了让客人的身心得到放松，一定要给客人端上咖啡。

“那样的话会听得更清楚。”

瑞希听了这话有些吃惊。“听得更清楚？”

“是啊。如果是定制八音盒的话，我就要倾听客人心中流淌的乐曲。”

瑞希越听越糊涂。

“怎么样，要不要试一试？”“对面先生”探出身子问道。

“还是下次再说吧。”瑞希言辞模糊地回答了一句后就离开了。可能是看她没什么要买的意思，“对面先生”自此就再也没有向瑞希推销过八音盒了。可是瑞希还是没搞明白什么是“心中流淌的乐曲”，难道是做这行的人专用的暗号？瑞希怕自己追问下去会弄巧成拙，所以也就作罢了。

两位客人看了看站在桌边的瑞希。瑞希欠了欠身，先给女性客人端上了咖啡。样式相同的咖啡杯是店长选的，不同的是一个是粉色的，另一个是白底上印着湖蓝色的小花。瑞希把粉色的杯碟和奶糖罐端到桌上。

女性客人微微颔首，她看上去和瑞希差不多大，柔和、白皙的圆脸和红色的短袖针织衫颇为相称，看不出来是学生还是上班族。

“我就介绍到这里。”“对面先生”爽朗地说道。他平时看起来谦逊有礼，来咖啡店的时候甚至都没什么存在感，没想到说起八音盒来头头是道。

“还是选定制的吧。”

“是啊，机会难得。”

两位客人小声交谈着。瑞希把咖啡端到了男性客人面前。

“没问题。”“对面先生”十分自信。

“机会难得，那就拜托啦。”

瑞希悄悄看了一眼男性客人的侧脸，撤下了空咖啡杯。她强自忍耐，才没叫出“佑也”的名字。

佑也是瑞希的前男朋友，他们从高二开始交往，一起度过了两年半的时光后，在前年的圣诞节分手了。

其实最后那半年他们已经不能算在交往了吧。那时佑也去了外地读大学，瑞希则在自己家的小酒馆工作，两人见面的时间大大减少了。

减少的不光是见面的时间而已。即便好不容易见上一面的时候，两人为了寻找共同话题也是绞尽脑汁。因为之前他们一直在同一个教室里相处，现在各自生活的环境都发生了很大的变化，没有共同话题也是理所当然的。更何况他们各自选择的道路对于另一方来说都是一无所知的新生活——不管佑也多热情地介绍，瑞希也无法想象出大学是个什么样的地方，而且她对大学也没什么兴趣，更不能体会那些努力想要融入大学的恋人们的心情。佑也的心情大概也是如此吧。

这种故事也并不稀奇。

渐渐地佑也就不说大学的事情了，瑞希也不说工作的话题了。他们只聊过去美好的回忆，或者干脆跳过现在聊将来的话题。

“佑也毕业以后怎么打算？”

“可能会回去找工作吧。”

佑也的回答让瑞希安心不少，因为再过几年，他们又可以在一起了。哪怕工作不同，可是两人都工作了以后一定会像以前一样有很多共同话题的。瑞希坚信只要熬过现在，她和佑也一定会再次走到一起。

大学放暑假期间，瑞希和佑也的见面次数变多了。两人经常在瑞希休息的日子一起去购物，或是乘着佑也的摩托车去海边兜风，要么就在附近漫无目的地散步。暑假里佑也也经常回学校参加足球社团的活动。他经常自豪地跟瑞希说社团里很多高年级的学长教会了他很多东西。

也许就是受了学长们的影响吧，暑假结束的时候，佑也对瑞希说："可能还是在东京找工作比较好吧。"

"东京？"瑞希大吃一惊。这和他们之前说好的完全不同。

"东京的公司很多，能找的工作范围也广。"

"佑也想做什么工作呢？"瑞希不假思索地问道。

"这是接下来要考虑的问题。"佑也面露不快地补充道，"瑞希也来东京吧？"

"我？为什么？"

"你不用这么一脸不情愿的，我也只是随口说说而已。算了，瑞希是离不开家乡的。"佑也耸了耸肩，故意装出一副开玩笑的样子。

瑞希已经忘了自己是怎么回答的了，只记得当时的心情很是焦躁。

瑞希确实很喜欢家乡，家人和朋友都在这里，看着眼前熟悉的景色能让她安心。在自家的小酒馆里帮工，别人看起来可能挺悠闲的。

可是一直这样下去真的好吗？瑞希自己心中也充满了不安，有时候也会为自己想做的事究竟是什么而烦恼。她不想别人说自己是悠然自得地过日子的人，当然也不想让别人可怜自己，认为自己对这个小镇以外的世界一无所知。

从那以后，无论是和佑也见面的时候，还是在小酒馆里工作的时候，“对家乡的爱”这种说法都在瑞希的脑子里挥之不去。

小酒馆里经常有一些瑞希认识的人来光顾，她的中学同学还夸她已经在工作了，可真了不起，或是一脸天真地说“有份安稳的工作真好”之类羡慕的话。听到客人们说瑞希越来越出色了，或是有这样孝敬父母的女儿就没什么可担心了之类的夸奖，瑞希的父亲都会不好意思地点点头。

说这些话的人都没有恶意，也没有什么其他的深意。可他们越是肯定现在的自己，瑞希越是觉得透不过气来。

秋天大学开学以后，瑞希和佑也的见面机会又变少了。两人在平安夜久违地见了面，瑞希却提出了分手，佑也也没有反对。

分手后，瑞希一个人沿着运河散步，不知从哪儿飘来一阵咖啡的香气。她慢悠悠地走到咖啡店门口，只见门上贴着一张招聘启事。

“你没事吧？”

听见“对面先生”担心的问话，瑞希这才回过神来。她抱着圆形的托盘环视了一下坐着的三人，只见他们正抬着头，一脸困惑地看着自己。

仔细一看，那位男性客人长得也不是那么像佑也。

瑞希回到咖啡店，店里竟然比上午还忙。直到五点过后客人才离开。

“今天差不多就关门吧。要是再有客人进来待很久，那就要到很晚才能关门了。”店长看起来好像心神不宁的，难道是晚上有约会？

店长现在的恋人已经不是当初向瑞希介绍的那个俊美青年了，而是一个身材健硕的男子。之前他还向瑞希介绍过两三个来店里的人，其中既有西装革履的上班族，也有戴着太阳眼镜、长发飘飘的音乐人。店长的喜好可真是让人捉摸不透。

“您可真是桃花运不断啊。”

瑞希的揶揄遭到了店长的反唇相讥：“瑞希你还年轻，可要加油啊！”

和佑也分手后，瑞希就没有正经谈过恋爱了。虽然自己没有跟店长坦白过这些事，可是店长早就敏锐地察觉到了吧。

瑞希偶尔也会收到邀请，比如咖啡店的客人偷偷把写着联系方式的小纸条塞给她啦，或是和以前的同学相约出去喝酒啦。不是瑞希夸口，她在男孩子中间也不是毫无人气的。初中、高中同学会也会定期举行，如果瑞希去参加的话，找个人一起共度周末是不成问题的。

可是也不知道为什么，瑞希总是打不起精神。

瑞希不是还没忘记佑也，对佑也那样的人她早就没什么留恋了。她只是不想重蹈一次覆辙。和一个早晚要离开这个小镇的人交往，这不是浪费人生吗？但瑞希也不是想找一个怀着对“家乡的爱”，打定主意要一辈子在这里生活的人。

“好嘞，关门吧！”

瑞希拦住了从吧台里走出来的店长，自己朝门外走去。“对了！要去对面把咖啡杯取回来。”

瑞希透过门上的玻璃朝外张望。对面的八音盒店还没关门。

“他可能会请你吃饭哦。”店长开玩笑似的说。

瑞希连连摇头。“怎么可能！不会的。”

瑞希和“对面先生”只有一些简单的对话而已。想要定制八音盒的客人不多，所以瑞希一个月也只去送几次咖啡而已。“对面先生”自己倒是经常来喝咖啡，但是瑞希和他没有什么私交，就连他的名字和联系方式都不知道。

“那你去邀请他呗。”

“不去不去。”

“不去？可是他一来瑞希你就变得有点奇怪哦。”店长一脸无趣地戳穿瑞希。

“那是因为他总是莫名其妙地突然出现啊。”

“那其他客人不也是这样嘛，我们店又不是预约制的。与其在这儿磨磨蹭蹭，还不如直接去对面呢。”

闲聊的时候，瑞希也听说过一些“对面先生”的经历。瑞希来这里打工前一年左右，“对面先生”在这儿开了这家八音盒店。他是从外地来的，他还告诉过瑞希之前他所在的地方，是个瑞希没听说过的地名。“对面先生”说这不是他第一次到新的地方，在此之前他已经辗转过好几个城市。

在一旁听着的店长觉得八音盒店应该挣不了什么钱，毕竟八音盒店不像咖啡店有那么多回头客。

“对面先生”总是给人一种不知哪天又会悄无声息地去往别处的感觉。虽然他本人从未这样说过，但瑞希知道他不会在这里久待。

“我去取一下咖啡杯。”瑞希抱着刚才用过的托盘走了出去。外头的寒意让她加快了脚步，几乎是跑着进了八音盒店。

店里和两小时前没什么不同，“对面先生”支着下巴坐在桌边。

“辛苦了。”瑞希自己都觉得这声招呼打得有点敷衍。店里空无一人，“对面先生”看上去有点疲惫。他平时话就不多，刚才滔滔不绝地讲解了一番，肯定会觉得累。

“啊，谢谢。”“对面先生”冲瑞希点了点头。

“对面先生”今天看上去似乎格外没精神。桌上的咖啡杯和奶糖罐也还是瑞希当时摆放的样子，一动没动。之前他都会把这些归置到桌角，方便瑞希收拾。

瑞希心想，会不会是因为圣诞节的缘故？虽然店长说每个人看起来都很幸福，但这个世界上也有不幸的人。瑞希脑海中不禁想起店长那句“那你邀请他呗”。她赶紧打消了这个念头。

瑞希走近桌边，发现了一个更少见的情况——两个杯子里的咖啡几乎都没有减少。

“不好意思。”“对面先生”注意到了瑞希的视线，抱歉地说道。瑞希赶紧摇了摇头，他没什么需要道歉的。

“是咖啡不合口味吗？”

“不是的。”“对面先生”顿了顿，接着说道，“是没时间喝。”

那两位客人好像很快就走了，并没有定制八音盒。

“他们本想定制一个八音盒来纪念两人交往一周年。”“对面先生”落寞地说，“那位男性客人出于兴趣组建了乐队，自己也会作曲。他想用自己作的一首曲子来定制。但是我向他们介绍了用‘心中流淌的乐曲’来定制的方案，他们都很感兴趣。”

带着满心的疑惑，瑞希终于忍不住问出了口：“那个……‘心中流淌的乐曲’是什么啊？”

“就是客人心中流淌的乐曲。”“对面先生”不假思索地回答道。

可能是自己问题没提到点子上吧。“对面先生”难得一口气说这么多话，瑞希不好意思一次次打断他。可能就是留下了深刻印象的曲子吧。瑞希一边这么解读着，一边继续听“对面先生”说下去。

“所以，后来他们决定用那位女性客人心中流淌的乐曲来定制八音盒。”

一般来说，定制的八音盒做好后都会让客人试听。如果有什么不满意的地方，再由“对面先生”进行调整。那位男性客人无论如何都想在明天，也就是圣诞节当天把八音盒送给女朋友。

“我立马开始做的话，可能还来得及。但是如果到了明天客人说需要调整，那就不好办了。以防万一，我才特地请他们确认了一下旋律。”“对面先生”指着摆在桌角的小键盘说道，“我边倾听边弹奏，没想到客人突然大发雷霆。”

“啊？”

“那不是客人自己作的曲子。非但不是他作的曲子，而且还是他讨厌的曲风。”

那位女性客人也目瞪口呆。男性客人回过神来质问她时，她承认了这首乐曲充满了她和其他男性的回忆。

“都怪我把事情搞砸了。要是他们能和好就好了。”“对面先生”像泄了气似的沉下了肩。

“没事的。”瑞希安慰道。她暂且不去想“对面先生”到底是怎么猜中那位女性客人心中的乐曲的。“他们交往了一年了，偶尔也会有吵架的时候吧。而且那个女孩看上去很喜欢她男朋友呢。”

瑞希在近处看见过那个女孩眼里的爱意。虽说和前男友一起听过的歌曲给她留下了深刻的印象，但现在的她心里可只有那位男性客人。

“她确实很努力地解释了，她说虽然从来没说起过前男友的事，但希望男朋友能听她解释。”

“对吧，所以没什么好担心的。说不定还是个好机会呢。”

“但是我还是很担心他们，那位男性客人确实挺生气的。”“对面先生”依然耷拉着脑袋。

瑞希灵机一动，想要让“对面先生”打起精神来。“你等我一下。”

没等“对面先生”回答，瑞希就跑回了咖啡店，请店长再冲一杯咖啡。已经开始收拾、准备关门的店长惊讶地瞪大了眼睛。

“对面先生”接过瑞希递过来的深绿色马克杯，呼呼地吹着气。

“真好喝。”他呷了一口说道，“啊，对不起，我自己先喝了。”他看了看摇头的瑞希，又伸出手说道，

“干杯。”

瑞希的马克杯是鲜红色的。两个杯子碰在一起，发出了清脆的声音。

瑞希明明说冲一杯咖啡，店长却冲了两杯，还说让她千万别客气，这就算自己送给瑞希的圣诞礼物。他还高兴地挥挥手送走了瑞希，让她过去慢慢聊，回来的时候把店门锁上就行。

“对面先生”看见瑞希拿两个颜色不同的马克杯回来，少见地从桌子那头走了过来。两人并排坐在刚刚那对情侣坐过的椅子上。

“第一次用这么大的杯子喝咖啡。”

其实这也是店长的“阴谋”。他得意地笑说：“喝完这杯需要点时间哦。”

这些时间里到底要聊点什么才好呢？

“偶尔确实会出现这样的问题。”“对面先生”开口说道，“其实让客人自己选曲可能是最好的，但是机会难得，我就想推荐店里独有的定制方案。”

“那个……我不是很明白。”瑞希小心翼翼地插嘴道，“‘喜欢的乐曲’和‘心中流淌的乐曲’不一样吗？”

“当然也有相同的时候，但就我遇到过的情况来说，这两者往往都是不同的。”“对面先生”歪着头想了想又说道，“记忆不也是如此吗？让人印象深刻的不一定就是快乐的记忆，有时悲伤的事情也会让人难以忘记。这和人们是不是想记住那些事情并没有关系。”

“原来如此。”这么一说，瑞希似乎有些明白了，“你……能听见？”

“对面先生”不好意思地微笑道：“听起来不像真的吧？但我确实能听见噢，我天生听觉就特别灵敏。”

“对面先生”说着把手中的马克杯放到桌上，用手把稍长的头发别到耳后。瑞希看见他的双耳中各戴着一个透明的东西。他熟练地把它们取下来放在马克杯旁。

瑞希对这个形状的东西并不陌生，咖啡店里有些年纪大的客人会佩戴，但这种透明材质的她还是第一次见。可是“对面先生”刚刚不是才说自己的听觉特别灵敏吗？

“这个东西长得像助听器，但是功能却跟助听器完全不同，只有可以调整声音大小这一点是一样的。”他仿佛看出了瑞希的疑惑，于是解释道，“我的情况有点特殊——我不是听不清，而是听得太清楚了。”

如果什么都不戴的话，“对面先生”会源源不断地听到音乐——那些流淌在周围的人心中的乐曲。

“虽说是能听见‘周围’的声音，但可听见的范围也时常发生变化。有时候只能听见店里的声音，有时候能听见更远的地方传来的声音。”

这种事情简直闻所未闻，瑞希一时不知该作出什么样的反应才好。但是“对面先生”一脸认真地盯着瑞希，看上去不像是在耍她，也不像是信口开河的样子。

“一两个人还好，一大群人发出来的声音简直就像轰鸣声。所以我每次上街或是坐电车都很紧张，哪怕是戴着这个，我也会时不时去摸摸它们，确认是不是戴好了。”“对面先生”指着放在桌上的东西说道。

“这是超能力吗？”瑞希好不容易才问出这么一句。

“不，只是听力的问题而已。”

瑞希听了还是一头雾水。但是“对面先生”刚刚还听到了那位客人心中的乐曲，而且他的八音盒店也经营至今，可见他一定是具有某种能力的。再说了欺骗客人还情有可原，骗她对生意可一点帮助也没有啊。

“除了音量，有时候各种各样的乐曲会混杂在一起，这也令我很痛苦。”“对面先生”缩了缩身体，把视线转向墙边的架子，“就好比这里的八音盒一齐响起来一样。”

瑞希跟着“对面先生”在店里参观了一圈，她想象了一下架子上的八音盒一齐响起来的情景，不由地说道："那样的话确实会很吵啊。"

"对面先生"转过身对瑞希说："啊！太好了！"

"啊？"

"我以为你不会相信我说的话呢。"

"你对其他客人也会一一说明吗？"这么跟客人说的话会被认为是诈骗犯吧？

"不会，我只会把做好的八音盒交给客人而已。"

"客人没有问你吗，是怎么知道他们心中的乐曲是什么的？"

"基本上没人问过。即使问了，只要告诉他们是因为我的耳朵特别好使就行了。"

"能听见别人心中蕴藏着宝贵回忆的乐曲，只是因为耳朵好使？别人会相信吗？"

"看情况吧。"

"看情况？"

"人们不一定是对音乐本身产生了什么感情。那些在人生重要的场景里，很偶然地作为背景音乐被播放的歌曲，有时候会出人意料地在人们心中留下深刻的印象。""对面先生"想了想又继续说道，"但是音乐可能就是这样的一种存在吧。它们是那些宝贵回忆的背景乐。有时候这些音乐也可以反过来唤醒人们对于那些场景的回忆。”

这么说来，对音乐不是特别关注的瑞希只要听见以前的歌曲，听这首歌时的场景也会立马浮现在眼前？

“我们这行把这个叫作‘回忆的伴奏’。”

“你的工作真不错啊。”瑞希发自肺腑地感叹道。

虽然只要一不注意，杂乱无章的声音就会像洪水般涌来，但是用自己拥有的特殊能力和专业技能制作出世界上独一无二的八音盒，实在是件充满意义的事。“对面先生”正是因为对自己的能力有信心，才会像候鸟一样自由地飞往一个又一个陌生的城市吧。这份张开柔软的翅膀乘风前行的勇气让瑞希羡慕不已。

“对面先生”不再说话，从桌上拿起那两个透明的东西戴回耳朵里，摇摇头让别在耳后的头发披散下来遮住耳朵。

瑞希看着他娴熟的动作不禁心想，他不戴那个东西的时候就能听见别人心里的乐曲，难道刚刚他也听见我心里的乐曲了吗？

瑞希正想问他自己心里流淌的是哪首乐曲，但转念又觉得反正也不会是什么大不了的歌，万一是佑也喜欢的摇滚乐队的歌就糟了。瑞希本来对音乐就一窍不通，最近经常听店长放一些爵士乐，慢慢地稍微有了点兴趣，但也不可能有什么曲子让她印象特别深刻。

“你还记得之前店里来过一对母子吗？妈妈带着三岁的儿子。”“对面先生”拿起马克杯问道。

“记得，给小男孩上的是果汁对吧？”因为很少有人点咖啡之外的饮料，所以瑞希印象特别深刻。那好像是开始给“对面先生”外送咖啡后不久的事。

“那个小男孩心中的乐曲是妈妈唱的《安眠曲》。还有组乐队的学生，她们心中流淌的是各自的乐器的声音，真有意思啊。

“有时候能从一个客人心里听见好几种音乐。像那个弹钢琴的小学生，我听见她心里有好几首她弹过的钢琴曲；还有不知为何心里既有古典乐又有老旧的演歌的男性客人……”

“真是五花八门啊。”

“是啊。”“对面先生”喝光了咖啡，双手把马克杯放到瑞希面前，“多谢款待。”

瑞希瞥了一眼手表，不禁大吃一惊。已经七点了，自己竟然在这儿待了这么久。“不好意思，耽误了你这么长时间。”

两人站起身来，把从咖啡店带过来的东西归置到托盘里。

“啊，等一下，我还没付钱。”

“不用了，一直以来多谢惠顾。”

“这样好吗？”“对面先生”不好意思地说着站了起来，拿了一个八音盒放到托盘上，“这个请收下。”

“这样好吗？”这次倒是瑞希不好意思了。

“对面先生”真诚地说：“如果你能收下，我会很高兴的。”

“谢谢。”瑞希深深地鞠躬道谢，端起托盘向门口走去。

“对面先生”替瑞希拉开大门。“请小心。”边说边抬头望向天空，“啊，下雪了。”

瑞希也抬起了头。

黑色的天空中，洁白的雪花飘落而下。

♪

回到咖啡店，瑞希迫不及待地拿出八音盒，翻过来拧上发条后放在吧台上。高亢动听的乐曲在安静的店内流动。

听到这首歌后，瑞希顿时泄了气。“什么嘛！”

这首歌何止是耳熟能详啊，这一个月来简直每天都在听。空旷的店里回荡着的是小孩子都会唱的《圣诞歌》，店长今天还在店里放了呢。

瑞希走进吧台打开水龙头，流水的声音盖过了八音盒的乐曲声。瑞希挨个洗着餐具，湍急的水流冲刷着她的手掌，她渐渐冷静下来。

瑞希觉得倍感失望的自己简直像个笨蛋，她为什么会期待听到专属于自己的特别的乐曲呢？自己一定是听说了那家八音盒店的客人的故事，所以才产生了误会。毕竟“对面先生”从来都没有告诉过自己，这是专属于她的特别的八音盒啊。快到圣诞节了就选了《圣诞歌》，仅此而已。

又或者是“对面先生”没有从自己心里听到任何乐曲？毕竟瑞希自己也想不起来她有什么特别值得回忆的歌。无论听觉有多敏锐，“对面先生”也不可能听见没有发出过的声音。

瑞希手滑了一下，沾满泡沫的红色马克杯掉到了水槽里，发出异常刺耳的声音。《圣诞歌》欢快的曲调还在瑞希脑中盘旋，挥之不去。瑞希烦躁地捡起杯子，确认了一下没有摔碎，就重新冲洗了一遍放回架子里。

此时，她的脑海里又浮现出另一个念头：我的心中也许真的流淌着这首《圣诞歌》。最近店里不停地播放这首歌，可能自己已经听习惯了。没错，一定是这样！

瑞希顿时感到一阵轻松。她拿起绿色的马克杯，不经意间抬头看了一眼，那个透明的八音盒还在吧台上好好地放着。

瑞希的眼前浮现出送她这个八音盒的“对面先生”的脸，脑海里浮现出他说的话。“那些在人生重要的场景里，很偶然地作为背景音乐播放的歌曲，有时候会出人意料地在人们心中留下深刻的印象。”“音乐可以唤醒人们重要的回忆。”

“对面先生”就是送给她这个八音盒的人，刚刚他们还在说着话，这个旋律让自己想起了他也没什么好奇怪的。但是，这首歌大概从更早以前就在自己的心里流淌了。

吧台外的店里空无一人，听着反复播放的《圣诞歌》，忙个不停的希瑞不禁问自己：我是怀着什么样的心情在想“对面先生”呢？一遍又一遍，从未厌倦。

瑞希关了水龙头，飞奔出店外。她向前狂奔着，在大雪里四处搜寻。

终于，在一片白茫茫的视野里，她找到了那个正朝运河边走去的背影。

“等等！”瑞希大喊道。

漫天的大雪中，“对面先生”慢慢地转过身来。

你先

Episode 07

打开客厅的门，黑暗中闪烁着红色的灯光。

康则把手上的行李放到地板上，然后按下了电话机的语音播放键。

“哔——”的一声后，一个生硬的声音提示道：“您有两条语音留言。”

肯定没什么大事，康则安慰自己，否则一定会打我手机的。康则觉得手机长得像个玩具，店员说这款机型操作简单，老年人也能轻松使用，所以他才买的。

“第一条留言来自今天下午一点四十分。”

电话里传出一个中年女性嘶哑的声音：“我是牧野美容沙龙的。”

美容沙龙？康则反复思考着这个不太熟悉的名词。哦，牧野。他这才想起来是街区里那家有些年头的美容院。

“您预约了今天上午十点过来，可是没看到您前来。不知道是不是我们记错了预约时间？烦请您方便的时候回个电话。”

“第二条语音来自今天下午三点零八分。”

“是我，初子。我刚刚到家，听小百合说了一下情况。”

听见电话那头着急的声音，康则提着的心才算放了下来。

康则这才注意到房间里太暗了，他打开了灯。白色的灯光瞬间洒满了整个房间。餐桌上堆满了包裹，垃圾箱里装满了便当和装菜的空盒子。不光是餐厅，客厅的沙发上也被穿过的外套和塑料袋铺满，连个坐的地方都没有。

“真的没有生命危险吧？现在情况怎么样了？康则你一个人行吗？”

电话那头是妻子的姐姐。她平时说话语速就快，情急之下更是一个劲地问个不停。

“总之，我下周会过来。十号星期一，我尽量坐下午最早的一班车过来。”

康则的目光移到挂在电话机上方的墙上的日历上，他有些不解。

十号不是星期一，是星期五啊。大姐是记错日期了还是记错星期几了呢？可能是太惊慌失措了吧。

“我会再给你打电话的。”

“哔——”的一声后，房间里又恢复了宁静。

不对啊，康则伸手去翻日历。弄错日期的可能是自己吧，更加惊慌失措的可能也是自己。

他翻开下一页，是十一月的日历。和写得密密麻麻的十月的那一页相比，十一月那一页上几乎是空白的，只有七日那一栏写着“秋野（10点）”。康则把十月那一页撕掉，在十一月十日那栏写上了“姐姐”。

这时，康则发现上面还有一处有笔迹——二十五日的数字“25”被圈了起来。

这是什么标记？康则正纳闷，烦人的电话铃响了起来。他赶紧接起电话。

“喂，康则吗？我白天打过电话。”大姐着急的声音传了出来。

十一月十日下午一点多，大姐如约来了。

单人病房里飘散着淡淡的消毒药水味，墙壁、地板和窗帘都是白色的，病床上的人身穿蓝色的病号服，显得特别显眼。大姐二话不说，冲进了病房。

绢子刚吃过午饭，正靠着枕头坐在床上，康则坐在床边的椅子上。

“小绢，你没事吧?！”

大姐快步走到病床边，凑到绢子面前仔细地端详，像是要在妹妹的脸上找出什么东西似的。

“你怎么不早点告诉我呀?！”

绢子住院是两周前的事，那时候大姐刚出发去欧洲旅游。

康则联系了大姐的孩子们，也就是绢子的侄子和侄女。绢子的病情暂时也稳定了，所以大家商量等大姐从欧洲回来了，再告诉她这个消息，绢子也赞成这么做。

“要是在旅途中听到这样的消息，你一定会着急的。”康则看了看一脸苦笑的妻子，代为答道。

绢子今天看起来气色不错，也许是太久没见到姐姐了，所以强打起精神吧。

绢子两姐妹的感情很好。两人年龄相差七岁，姐姐就像是母亲一般照顾着绢子，绢子也很依赖姐姐。

大姐经常得意地说：“我就跟绢子的家长没什么两

样啊，连丈夫都是我帮你找的呢。”

康则和绢子是在大姐的婚礼上相遇的——绢子是新娘的妹妹，康则是新郎的公司同事。确切来说，他们第一次说话是在婚礼之后的舞蹈派对上，也就是现在说的“二次会”[1]。

舞蹈派对是大姐提议办的。当时街上有好几个舞厅，大姐结婚前经常去跳舞。

大家抽签决定了男女配对的组合，绢子和康则就正好凑到了一起。两人互相做了自我介绍后，康则先表示了抱歉，因为他有生之年还从没有跳过舞。没想到绢子也用微不可闻的声音让康则无需介意，因为她也从来没有跳过舞。

两人早就不记得当时的舞步了，应该是学着别人的样子扭动身体吧？不知道是因为太紧张了，还是因为酒喝多了，当时的事情他俩完全记不清了。康则当时忘记了问绢子联系方式，或者说是没好意思问。

康则觉得绢子是个温柔的好姑娘，可是怎么才能和初次见面的女孩拉近距离，这对他来说比跳舞还难。

康则本以为分别后就再也没有机会见到绢子了，没

---

1 正式宴会结束后，一部分人再于别处举行的宴会。

想到没过多久新婚夫妇邀请亲朋好友去新居做客，不知道为什么绢子也在。大姐说绢子她无论如何都想来，绢子不好意思地直往大姐身后躲。在场的人都看出来了，是“好管闲事”的大姐硬把绢子叫来的。

虽然她们姐妹俩关系很好，可性格却迥然不同。姐姐争强好胜，感情的波动很大，一有想法就会付诸行动；而妹妹绢子却文静内向，行事稳重，气定神闲。

大姐跷着二郎腿在康则搬过来的椅子上坐下。

“这种事情要第一时间告诉我啊。旅行有什么关系，中途回来就行了啊。”大姐沉着脸说道。

其实康则、绢子和侄子侄女们都是觉得大姐在海外一时半会儿回不来，所以才特意没有第一时间通知她。

“姐姐你太大惊小怪了。”绢子笑道。

大姐却突然正色道：“这是正常反应啊。我只有你这么一个妹妹，当然把你看得比什么都重要。”

“说什么‘比什么都重要’啊，姐姐你也太夸张了。”

绢子甚至还拒绝过姐姐前来探病，她觉得自己已经脱离危险了，姐姐没必要特地从东京过来一趟。

大姐和女儿一家同住。从东京赶到这个小镇要坐飞机再换乘特快列车，大概要三个多小时，还得花不少交通费和住宿费。

“现在情况都稳定下来了，检查的结果也没什么大问题。”康则也在一边帮腔道。

大姐眉头紧锁。“是脑溢血吧？脑袋里的病很严重啊。”

“是脑溢血没错，但是症状算是轻的。”

主治医生解释说，脑溢血也分很多种。脑溢血这个病症的名称泛指因为脑内血管阻塞引起的血管破裂，但是大脑的损伤程度和范围却因人而异。有严重到昏迷不醒的病人，也有只是感到晕眩的病人。还有极为罕见的轻症病人可能都没有感觉到自己患病。

所幸绢子的症状还没有严重到需要做手术的程度，靠药物治疗就行。上周绢子接受了全方位的检查，从结果来看恢复得还不错。只是左边的手足偶尔会轻微地颤抖，除了这个后遗症之外，绢子没什么麻痹或是疼痛的情况出现。

“幸好康则发现得早，才没有耽误治疗，真是太好了。”

大姐似乎终于放心了些，脸上的表情也舒展了许多。

“小绢，康则可是你的救命恩人呢，你可要一辈子感谢他啊。”

“不用不用……”康则连连说道。之前在电话里，他把那天发现绢子发病的情况原原本本地告诉了大姐。现在他都有点后悔了。

那天深夜，康则醒来后去了厕所，却发现绢子蹲在浴室的更衣间里。

康则夫妇俩一般会在吃过晚饭后轮流去洗澡，康则先去，绢子后去，这个顺序从结婚开始就没有变过。有时康则也会让绢子先洗，可绢子却总说着“你先”，让康则第一个入浴。

你先去吧。

这是绢子的口头禅，不仅仅体现在洗澡这件事情上。吃饭时两人同时去拿酱油的时候，从年末收到的点心里各自选出一样喜欢的口味的时候，外出回家进家门的时候，在这些日常生活中的细枝末节处，或是有事需要两人共同作出决定的时候，绢子都会以丈夫的意愿为先，自己则追随着丈夫。

“现在这个时代，夫唱妇随已经过时了。”

半开玩笑地说着这些话的大姐和绢子正相反，也就是“妇唱夫随”。姐夫比大姐大一轮，为人十分大度宽厚，妻子想做什么他都不会反对。

“他只有一次没有听我的话。”说起亡夫，大姐故作轻松地耸了耸肩，“我叫他别死，可他还是离开我了。”

十几年前丈夫去世的时候，大姐就伏在灵柩旁大叫着这句话。参加葬礼的宾客也都流下了同情的泪水。

康则也是拼命才忍住没落泪。作为下属，自己在公司里受了姐夫很多照顾，成为亲戚以后，两人的关系就变得更为亲近了。当时两家住得很近。姐夫去世后，大姐一直把自己关在家里，绢子对此很是担心，经常前去探望大姐。

大姐好不容易才重新振作起来，她自己也说像是“获得了全新的人生”。大姐本来就兴趣广泛，交游广阔，所以即使现在已经七十七岁了，她还每天忙着去旅行和学习。可康则夫妇都是不爱出门的人，最多就是去附近散散步。大姐还经常对他们唠叨，说他们这样下去老得快。

“女人可是很强的。”这是大姐惯有的论调。

女人里面就属你特别强吧。这话康则可不敢说出来，只好每次都洗耳恭听大姐的长篇大论。

“男人要是死了老婆，就会意志消沉，连点家务活都不会干。小绢你也放心不下康则一个人吧？”

“快别说这些不吉利的话了！”绢子笑着说道。可看看自己现在的样子，她又笑不出来了。

大姐也看出来了，所以就没有接着这个话题说下去，而是东拉西扯地尽量避开这个话题。

“小绢你可要快点好起来啊，康则一个人在家里也很辛苦。”

“对不起啦。”绢子抱歉地说道。

“你不用担心我。”康则惶恐地摇了摇头。

三点左右，康则和大姐一起离开了病房。大姐去附近的酒店住一晚，明早再来看一下绢子就回东京了。

康则和大姐并肩走在医院长长的走廊上。

“我们一起在这附近吃个晚饭吧？”康则问道。

“我随便吃点就行了。我又不是对这一带不熟，打个电话跟朋友一起吃也行啊。”

绢子姐妹在这个小镇出生长大。好像是绢子考上高中的时候，大姐正好毕业就职，所以姐妹俩就一起搬去了东京。

高跟鞋踩得“噔噔”响的大姐突然停下了脚步。她直直地盯着跟着停下了脚步的康则。

“绢子……她真的不要紧吧？”

她似乎是想问康则是否对她有所隐瞒。

“没事的。”康则慎重地答道。医生说了没什么大碍，检查结果也很乐观。

“是吗？”大姐略带疑惑地挑挑眉。

可能是因为她身姿挺拔，所以康则至今从未觉得大姐身材矮小。可现在离得近了，才发现她看上去是如此娇小。

“可绢子看起来没什么精神啊。”

康则不知道怎么回答才好。

看来大姐还是感觉到了啊。今天至少大姐在病房里的时候，绢子表现得还挺乐观的啊。

“绢子之前都没得过什么大病，所以这次她有点意志消沉吧。”康则小心翼翼地说道。

这是他想了整整两个礼拜才得出的结论。与其说是结论，倒不如说是他的希望。

康则第一次觉得不对劲是在绢子住院两三天以后。

绢子的病情稳定下来后，康则问了她一些家里的事情。结婚前康则也是一个人住，所以基本的家务他还是会做的。可是这四十多年都有妻子照顾，家里的事情他已经完全没有头绪了。

康则向妻子确认洗衣机的使用方法和垃圾回收的日期时都没什么问题。

“冰箱里的东西怎么办呢？”

“吃剩下的东西就丢了吧。那些肉丢了太浪费了，就冻起来吧。”

“肉？”

“就是那些牛排啊，我们本打算选个天气好的日子吃的。应该没坏吧。”

送绢子来医院那天是十月二十五日，也是他们夫妇的结婚纪念日。

绢子很重视纪念日。无论是夫妻俩的生日、大姐夫妇的生日还是父母和姐夫的忌日，她都记得一清二楚。每年到了这些纪念日，绢子都会亲手准备菜肴或是蛋糕，给过生日的人送去礼物，在亡者的祭坛上供上鲜花和点心。撒豆子、做糯米饼、泡柚汤[1]等等，这些逢年过节的习俗绢子也绝对不会忘记。

而康则别说是节日和纪念日了，只要是对自己的生活没有影响的日子，他一概不记得。只有看见桌上摆放着糯米赤豆饭或是鲜花的时候，他才会意识到今天大概是什么特殊的日子，然后就会去问绢子。有时候他甚至根本不会注意到有什么特殊的摆设。绢子偶尔也会跟他聊起今天是什么特殊的日子，有时则一句都不提。

1　立春前夜撒豆驱邪，春分和秋分用粳米和糯米混合成的面团做饼，冬至用放入香橙籽的洗澡水泡澡，这些都是日本在节气日的传统习俗。

可结婚纪念日康则还是记得很清楚的。每年的纪念日夫妇二人都会吃牛排，今年也不例外。纪念日的前一天，绢子就兴致勃勃地买了高档的牛排回来。

“牛排？”康则看着仰面望天的妻子，心中涌起一阵不安。

绢子避开丈夫的目光，低头说道：“就是结婚纪念日要吃的牛排啊。”

“对啊，结婚纪念日……没错……”

那天临走前，康则特地去把这件事情告诉了绢子的主治医生，并询问绢子是不是有轻微的记忆障碍。

“也许是脑部的某处受到了损伤，导致她丧失了部分记忆。尤其是病发前后这段时间里发生的事情，她的记忆会特别不清晰。”

这么一说，绢子确实完全不记得自己洗完澡出来，到被康则发现倒在地上这段时间里发生的事情。

“但是这不会影响她的正常生活。CT和核磁共振的检查都没有显示脑部有受损的部位。”

康则这才稍稍放下心来，但是此后和绢子说话时他就会特别注意。

正如医生所说，现阶段暂时还没有什么特别的影响。虽然绢子偶尔会不记得或者记错一些事，但是毕竟她现在还没有痊愈，这也有可能是药物的副作用吧。康则自己近年来也有记忆力突然衰退的感觉。他总觉得比自己小五岁的妻子记性很好，可妻子毕竟也是七十多岁的人了。

比起这个，康则更在意大姐说的——绢子看上去没什么精神，或者说，她对什么都提不起劲来，没什么进取心。

绢子的性格原本就不像大姐那样活泼好动、风风火火，而且话也不多。但她绝不是感情淡泊、死气沉沉的人。俗话说“有些人的眼睛会说话”，绢子就是这样的人。她会用熠熠生辉的眼神或是被悲伤浸润的双目来表达自己心中所想。

现在的绢子，双眸中仿佛笼罩着一层乌云。

康则和医生问她话的时候，绢子会微笑着，或是挑起眉毛，表情丰富地回答他们。可当她一个人独处的时候，却总是出神地望着窗外。复健活动的时候，绢子也没什么干劲。康则有些泄气，他担心平时做事特别认真的绢子努力过了头。

康则本打算和大姐商量一下，可很快又打消了这个念头。要是让大姐掺和进来，事态可能就一发不可收拾了。康则还是决定对绢子的情况再观察一段时间再说。

可他有另一件事想问大姐。

“大姐，”在医院的大厅里，康则问道，“你知道这个月的二十五号是什么日子吗？”

在日历上看到这个日子后，康则迅速地在脑海里搜索了一下，但是毫无头绪。这一天既不是什么纪念日，也没有什么预约。

康则也想过要不要问问绢子，但转念一想又怕她记不起来，就作罢了。因为绢子每次回答不上来他和医生的提问时，都会露出非常抱歉的表情，康则心里也很不好受。

“这个月……也就是十一月二十五号？”

“对，绢子在日历上做了记号。”

“小绢？”大姐想了一会儿，突然眼睛一亮，今天第一次露出了自然的笑容，“那是我和你姐夫的结婚纪念日。”

2

康则把大姐送到出租车上客点后，自己坐上了回家公交车。从山里的医院出发，途经运河边的小镇后停靠在离自己家最近的车站，大概需要三十分钟。

公交车正好停靠在站边，康则排在十人候车队伍的队尾。上车后，他在仅有的一个空位上坐下。车内广播响起的同时，车也开动了。

前排的座位上坐着一对老年夫妇。丈夫的耳朵大概听不太清了，他正在大声地对妻子喊话，妻子则凑在他耳边回答。

“是下个月。下个月三号。”

康则把目光从夫妇俩的背影上挪开，看向车窗外。并排行驶的黄色出租车正加速想要超过公交车。

“小绢还记得我们结婚纪念日啊。她的记性一直很好。”

康则差点想把绢子有记忆障碍的事告诉大姐，可他还是忍住了。事关绢子的病况，如果自己轻率地说出了口，即便是还没有定论的事情，大姐也会“严阵以待”。

“要这么费劲想才想得起来，平时实在是太忙了，根本不会记得这些。今年，我连自己的生日都忘了，还是小绢打电话给我我才想起来的。”

大姐的生日在三月。绢子每年都会做大姐最喜欢的豌豆饭。

“小绢一直给我们送豆汁，就连我孙子孙女也有份呢。”

可能是因为自己没孩子吧，绢子对侄子侄女以及他们的孩子都很关心。康则他们还住在东京的时候，就经常和孩子们见面。侄子侄女和他们的孩子也很亲近康则夫妇。

退休后打算移居老家的时候，康则还很担心绢子会不会因为见不到大姐一家和其他亲朋好友而觉得寂寞冷清。虽说绢子之前一直住在这个小镇上，但也已经是五十年前的事情了，这几十年里绢子也没有和旧友们保持联系。

“一开始可能会不习惯吧。”绢子一脸轻松地说，“但是之后你不用上班了，就会一直在家里的吧。”

听了绢子的话，康则不由地想起三十多年前的往事。绢子曾说，没有孩子也没关系，只要有你在身边就足够了。说这话的时候，她脸上的表情平静而坚定。

绢子这么重视纪念日大概也是因为没有孩子的缘故吧。他们夫妇二人过着平静得有些单调的日子，偶尔也会想制造点惊喜吧。

等绢子出院以后，一定要好好庆祝一下。

带她去个高级点的餐厅吧？大病初愈就外出用餐会不会太累啊？康则心想，要不自己来煎一煎那个牛排吧。趁着庆祝绢子出院，顺便也庆祝一下结婚纪念日，像绢子以往那样准备些鲜花和蛋糕也不错。

对了，再准备个礼物吧。结婚以来，康则几乎没有送过什么礼物给绢子，这次既然是庆祝，不如选个好点的礼物吧。

公交车已经驶下了山坡，在沿海的公路上飞驰。已经能看见公路尽头的港口了，康则赶紧按响了下车铃。

下车后，只觉一阵大海的气味扑鼻而来。

康则摇摇晃晃地走在石子小路上。港口周围运河环绕，是有名的观光胜地。

工作日的白天，康则夫妇俩也经常趁游客少的时候来这一带散步。碰上喜欢的小店就进去随便逛逛，累了就找家咖啡店休息。他们偶尔也会买些点心、筷架、室内拖鞋之类的小东西。性格犹豫不决的绢子要挑上很久，才能从形态各异的筷架和五颜六色的拖鞋中选定要买的。

绢子喜欢什么呢?

既然是纪念日的礼物，比起吃的用的这些消耗品，还是买能长久留存的东西更好吧。要不买能穿戴在身上的东西吧，比如首饰什么的。又或者花瓶啊日常能用得上的碗碟也挺好的。

路过那些卖女性服装或是首饰的店，康则都会停下脚步向内张望。可能是天气太冷的缘故，每家店都是店门紧闭。店里也都是女性顾客，根本没有独自一人前来的男性顾客。店里没什么客人，康则就更不好意思进去了。他不擅长和店员交谈，平时这都是绢子负责的。

一个人闲逛真是无聊啊。虽然康则也知道绢子并没有跟在他身后，可他还是会下意识地回头看看。

先回去吧。康则打算明天试探性地问问绢子喜欢什么礼物。

走回车站的途中，康则注意到一条细长的小路。几米开外处摆着一块咖啡店的广告牌。

店里没什么人。

“您请随便坐。”一个留着娃娃头的女服务员把康则迎了进去。

康则在最靠近门口的吧台椅上坐下。吧台那头坐着一位和康则差不多年纪的男子，正默不作声地在看书。靠里面的位置放着一套气派的音乐播放设备，正放着轻快的爵士乐。

康则点了一杯咖啡，稍作休息后，他才注意到店里的装修。

大概在两三年前吧，他和绢子散步的时候来过这家店。这里既不像那些千篇一律的连锁店，也不是一味迎合游客的店铺，店内风格沉稳，招牌咖啡的味道也很美味。康则和绢子后来再想来这家店的时候，不知道为什么就一直没有找到。原本早将这家店抛诸脑后了，没想到竟在这里遇上了。

下巴蓄满胡子的店主端上来的咖啡果然很好喝。

康则走出咖啡店后仔细观察了一下四周。这次他要好好记下这家店的位置，等绢子出院了带她一起来。康则把周围的地形都牢记下来，正准备走时却觉得有人在盯着他。

他环顾四周，发现隔着小路有一家店，一个年轻男子正靠在店门上看着他。他是什么时候开始站在那儿的，康则心想，也许是自己东张西望的样子太可疑，所以才引起了对方的注意吧。

那名男子看康则呆立在原地不动，就热情地打开了店门，笑着打招呼道："欢迎光临。"

虽然那名男子主动招揽康则进了店，可他却并没有再和康则搭话。

"您请慢慢看。"说完这句，他就径自去里面的桌边工作了。

康则原本满心戒备，但见店员并没有强行推销的意思也就放下心来。

这家店和对面的咖啡店一样，店内空间呈狭长型，横幅并不宽阔，但纵深却很深。沉重的木制架子和打磨成焦糖色的地板都让康则想起他小时候的家。天花板上垂下的吊灯散发出的淡黄色灯光显得十分温馨。

康则走近陈列架，从并排摆放着的透明箱体中间拿起一个细看，里面是精巧的金色器械。

是八音盒吗?

康则觉得把这个作为礼物挺不错的。既不笨重，又比日用品更有纪念意义。况且还是在绢子喜欢的咖啡店对面的店里发现的，说起来还挺有缘分的。

架子一角放着手绘的传单，上面写着除了可以购买现成的八音盒外，店里还提供定制服务，客人可以选自己喜欢的曲子来制作八音盒。这样的服务大概很符合那些有自己好恶的客人的口味，可对康则这种对音乐一窍不通的人来说，反而增加了选择的难度。康则转向架子，打算在现成的八音盒里挑选一个。

八音盒的箱体侧面贴着一张小小的标签，上面写着曲名。康则把八音盒拿得远一些，好让老花眼看清楚上面的文字。虽然都是些没有听说过的曲名，但拧上发条后奏出的乐曲既有童谣，也有古典乐，还有流行歌曲，康则多少都有些印象。这些歌曲毫无分类规律可言，康则实在是不知如何从这么多选项中选出心仪的曲目。

康则突然发现了一首绝佳的曲子。就是这首了！康则觉得这首曲子作为礼物特别合适。

“您是要选礼物吗？”店员从康则手中接过八音盒问道。

“是的。”

大概没有人一个人来买《婚礼进行曲》的八音盒吧。

“是送给您太太的吗？”

“是的。”

“那请您选一下包装盒吧。”

康则从店员拿出来的盒子中挑了一个盖子上有拼木工艺图案的。这应该是当地木工的手艺，将颜色有些微差异的木片组合在一起，拼出了森林的图案，树丛间还有鹿、松鼠和狐狸等小动物探出来的脑袋。这图案不俗气也不张扬，绢子肯定也会喜欢的。

“盒子内侧还可以刻字，你需要刻吗？”

说起来传单上好像写了“世界上独一无二、只属于你的八音盒”之类的宣传语。康则虽然有些心动，但面子上还是有些不好意思。

“不用了。”

“机会难得，不如就刻一下吧？不刻一句话，刻两个人的名字也可以啊。”

康则原以为他不是个市侩的推销员，没想到竟也这么烦人。该不会是刻字需要另外收费吧？他倒不是在乎钱，他也想花点钱买个好礼物。康则正思索着，店员却开口补充道：“刻字是免费的。”

“那就麻烦刻上名字吧。”康则不想再被店员纠缠，就同意了刻字。

“好的。”

“能加上日期吗？”

“当然可以。”店员高兴地答道。

盒盖内侧的角落里刻着小小的“YASUNORI & KINUKO”字样，是康则和绢子名字的罗马音。日期刻的是十月二十五日，康则故意没有刻年份。

康则在填刻字内容表的时候，店员不解地问：“是十月吗？”

他大概是误以为年纪大的客人不当心写错了吧。的确一般这种礼物都会提前准备好的。

“没错，是十月二十五日。现在准备是有点晚了。”

十一月二十五日不是康则他们的结婚纪念日，而是大姐的结婚纪念日。想到这儿，康则突然灵光一现。

难道是绢子搞错了？所以在日历的错误日期上做了记号？

在医院和大姐聊起这件事的时候，康则以为绢子记的就是大姐的结婚纪念日。可仔细一想，绢子为什么要特意把大姐的结婚纪念日记下来呢？要是姐夫还在世倒也罢了，可现在大姐孤身一人，没理由还要特地送去结婚纪念日的祝福吧。

绢子满脑子想的不是大姐的结婚纪念日，而是她自己和康则的结婚纪念日吧。她原本是想在十月二十五日那里做记号吧？

绢子可能是阴差阳错地把十月二十五日和十一月二十五日搞混了，也可能是错手多翻了一页日历。她翻完日历也没注意到翻到十一月那页了，还以为自己是在十月的日历上做了记号。无独有偶，大姐打电话说十一月十日要前来探病的时候，康则也错误地在确认十月十日是星期几。

一定是这样没错。绢子只在“25”这个数字上画了圈，之后一定是发现自己写错地方了。所以其他的计划事项都有文字说明，十一月二十五日那里却什么字也没有写。这下都说通了，绢子记性这么好，她一定是写错了而不是记错了。

一定是这样没错。想到这里，康则觉得心头一阵轻松。可他不禁又想，难道那个时候绢子的脑部已经开始病变了吗？否则她怎么会犯下这种错误呢？

现在回想起来，绢子病发前是有征兆的。

那天是十月二十四日，吃晚饭的时候绢子脸色就不太好，很少说话，也很少伸筷子夹菜。康则已经吃完了，绢子的盘子里还剩了将近一半饭菜。

"你没事吧？"康则担心地问道。

神色恍惚的绢子生硬地回答："对不起，我有点累。明天是个重要的日子，我得快点好起来啊。"

"身体不舒服可不要勉强啊。"

"可能是天气突然转凉，所以感染风寒了吧。我洗完澡早点睡。"

"那今天你先洗吧。"

"不用了，我后洗。"绢子毫不犹豫地拒绝了，"你先洗吧，我还要收拾餐桌。而且我洗澡慢。"

如果当时康则再坚持一下，之后事情的走向就会完全不同吧。

如果他能让绢子别收拾了，早点去休息，如果他能让绢子先去洗澡，他是不是就能早点发现绢子病发呢？至少不可能直到深夜才发现绢子昏倒在地吧。几乎所有疾病都是如此，尤其是脑溢血，病人发病后越早采取应对措施就恢复得越好。

那天康则悠然自得地先去洗澡了，洗完大概是八点左右。接下来绢子洗澡的时候，他就躺在被窝里看书。平时康则经常洗完澡就觉得困意来袭，不等绢子回房间他就睡着了。可是那天康则有点担心绢子的身体，决定等她来了再睡。

可过了很久绢子都没回来。

康则捧着书翻着翻着就有些迷迷糊糊的了。他听见似乎有人在叫他，倏地睁眼发现房间里的景象没有什么变化，心想自己可能只睡了一小会儿。天花板上的灯还亮着，隔壁的被窝也还空着。

康则想上厕所，就赤脚走到了走廊，冷得他直打哆嗦。他小跑着来到厕所门口，停下了脚步。

更衣室的门开着一条缝，缝里透出一线光亮。

“绢子？”康则朝里张望，不禁吃了一惊。

绢子穿着睡衣，蜷着身子蹲在地上。

“你怎么了？”

听见康则的声音，绢子缓慢地抬起头来。她的脸色煞白，打湿了的头发贴在前额上。

“好像有点头晕，天旋地转的。”

绢子试着站起身来，却又无力地蜷起了身子。

“没事吧？可别硬撑啊。”

康则跪在地上，让绢子靠在自己肩上。隔着睡衣也能感觉到绢子浑身冰凉，这不禁让康则又吓了一跳。

康则猛地抬头看了一眼洗脸台上的时钟——已经是凌晨两点了。

♫

整整两周后，康则接到了电话说八音盒已经做好了。第二天，也就是十一月二十五日，康则去医院前先去了一趟八音盒店。

这次店里也没有其他客人，只有之前那个店员一个人在看店。他似乎记得康则，一见他来就把做好的八音盒放到了桌上。包装盒上刻着名字和日期，但不是十一月二十五日，而是十月二十五日。

“您要不要试听一下？”

“不用了。”

这是为了庆祝绢子出院以及结婚纪念日买的礼物，所以康则想早点带回去跟绢子一起听。

“希望您太太也能喜欢。”店员边说边把八音盒装进纸盒。

住院一个月来，绢子的状态没有什么显著的变化。医生总说定期检查的结果显示绢子恢复得很好，可康则却怎么也放不下心。

康则每天都会去医院。他走进病房的时候，绢子都躺卧在床上看电视。

“今天觉得怎么样？”

“还行。”

“是嘛。”

固定的几句寒暄过后，康则和绢子就无话可说了，两人都一言不发地盯着电视屏幕。

过了一会儿，康则偷偷看了妻子一眼。绢子在家的时候很少看电视，康则觉得她现在毫无表情的侧脸十分陌生。

“要想恢复到病发前的状态是不太可能的。”医生的语气冷硬中带着安慰。

这个道理康则也明白，但他就是会不自觉地拿现在的绢子和过去的作比较。

虽然复健的效果也不太明显，但康则还是劝绢子积极参加复健，绢子也都老老实实地去了，却总提不起劲来。康则问她是不是很疼啊，她也只是模棱两可地说也不是很疼，搞得康则也摸不着头脑。

年轻的时候，大姐经常拿康则他们开玩笑，说什么“小绢什么都让康则来决定啊”。

“才不是呢，我也有认真思考。”绢子每次都开心地反驳，“思考之后才做了那样的决定。”

但是，现在的绢子是怎么想的呢？

她会继续遵从丈夫的意见，还是有她自己独特的想法？在康则看来，现在的绢子只不过是按部就班地照他说的去做罢了。她似乎不在乎自己的病到底治不治得好，也没有强烈的想要痊愈的意志。

“别太心急了。”医生总是劝康则，“患者多数不喜欢做复健，因为复健见效很慢，病人觉得难以忍受也是情有可原的。”

这些话放在一般人身上也许还说得通，可是绢子的性子却不是这样的。依绢子的性格，该完成的事情即使再艰难她也不会消极怠惰的。

“病情也有可能忽然就有好转，还得靠您长年累月地守护啊。”

康则很想问说这些话的医生，绢子真的能恢复吗？要什么时候才能恢复呢？

几十年的漫长岁月里，绢子无论何时何事都会让康则先来，“你先”已经成为了她的口头禅。难道现在她要撇下丈夫先走一步了吗？她要一个人去一个遥远的未知的地方了吗？康则觉得无法承受。

康则把系着蝴蝶结的盒子递给病床上的绢子时，她脸上露出了笑容。

“这是什么呀？”

看着绢子发自内心的笑容，康则松了一口气。

“是结婚纪念日的礼物。”

“结婚纪念日？”绢子不解地反问道，“今天是十月二十五日吗？”

康则窘迫得说不出话来。片刻过后才竭力控制着颤抖的声音说道：“不，今天是十一月二十五日。虽然晚了一个月，但上个月不是没庆祝成嘛。”

“啊，对啊。”绢子眨了眨眼睛，“我这脑子里真是一团乱麻。”

康则平复了一下心情问道：“你打开看看吧，手能行吗？”

“嗯，不要紧的。”

绢子小心翼翼地解开蝴蝶结，打开纸盒。

“哇，真漂亮呀！”

绢子眯着眼仔细打量了一会儿捧在手上的拼木工艺的盒子，接着打开盖子往里瞧。

“是八音盒啊，能听听吗？”

“当然可以，我来给你拧发条。”

康则从绢子手中接过八音盒，拧紧底下的发条后放在床边的小桌上。八音盒里流淌出简单可爱的乐曲。

“咦？”康则十分惊讶。

绢子歪着头问道：“怎么了？”

八音盒奏出的音乐不是康则之前预定的那首《婚礼进行曲》。

难道是组装里面的器械和外箱时搞错了？早知道会这样，当时就该先在店里试听一下的。好不容易下决心准备了礼物，没想到却搞砸了。

“绢子，这是……”

康则正要开口解释，却看见绢子双手捂着嘴，吃惊地瞪大了眼睛。

“这曲子可真令人怀念啊。”

绢子向康则伸出了手，康则稀里糊涂地握住。

“一、二、三。”跟随着缓慢的三拍子，绢子牵着康则的手摇晃了起来。

一、二、三，一、二、三……康则也对这曲子有点印象了，好像是很久之前不知道在哪儿听过。

“这是什么曲子来着？”

“你不记得了吗？”绢子停下了摇晃的手问道，“那你为什么选了这首曲子啊？”

“这个嘛……是因为……”

华尔兹的音乐越来越慢，过了一会儿终于停了下来。

“我们一起跳过这首曲子啊。”绢子焦急道。

“跳过？”康则惊讶地重复道。

他和绢子以前只一起跳过一次舞——就是俩人战战兢兢地就着优雅的华尔兹舞曲跳舞的那次。

那是几十年前的今天，也是十一月二十五日。

“你记得真清楚啊。”

“那天是跟你初次见面的日子啊。这么珍贵的回忆我当然记得。”

康则突然想起了绢子在日历上画的记号。绢子既没有记错，也没有写错，对她而言，每年的十一月二十五日都是重要的纪念日。

康则再次拿起八音盒，转动发条。

伴随着再次响起的乐曲，绢子又摇起了手。这次她的动作幅度比刚才还大，甚至闭上了眼睛，连肩膀都动了起来。

♪

樱花花瓣纷纷落落地飘散在运河河面上。

“累吗？”康则问和他并肩走着的绢子。

“一点都不累，这天气真舒服啊，有种春天的气息。”

“就快到了。”

绢子出院的时候，他们就说好等天气转暖就一起散步去之前的咖啡店。北国的春天来得很晚。眼看就要到五月的黄金周了，天气才逐渐回暖到适宜散步。

“这家店竟然在这儿啊。”走进一条细长的小路，绢子提高了声音说道。

两人走进店里，并排在吧台边坐下后，点了两杯咖啡。康则之前见过的那个服务员不在，店里只有店长一个人。

“抱歉，久等了。”

他从吧台内端出咖啡，先后放在绢子和康则面前。咖啡的香气扑鼻而来。

“啊，真好喝啊。”绢子双手把杯子端到嘴边，抿了一口后满足地称赞道。

绢子看了看正在跟吧台那头的女性客人说话的店主

说道："之前来的时候店主是戴眼镜的吧？"

"是吗？"

"应该是吧，我记得他戴了副玳瑁色的圆框眼镜。"

"都过去好几年了，你记得可真清楚啊。"

康则上次来这儿大概是半年前吧，他早就不记得店主是不是戴着眼镜了。

"我当时就觉得他长得有点像小百合的老公呢。"

"绢子的记性真好啊。"康则佩服地说，"八音盒的那首曲子也是，过了将近半个世纪还记得那么清楚。"

"根本忘不了啊。"绢子把咖啡杯放在碟子上，抬头看着康则。稍微犹豫了一会儿后她又说道："因为当时我对你是一见钟情啊。"

康则凝视着妻子。

绢子的脸上绽放出灿烂的笑容，圆润的脸颊染上了一抹玫瑰色的红晕，晶莹的双眼直勾勾地看着康则。眼前的这张面孔和少女时代绢子的脸重叠在了一起。

"我完全不知道。"

"因为我从来也没告诉过你啊。"绢子故意转移了话题，"等会儿我想去八音盒店看看，就在这附近吧？”

沉浸在回忆中的康则好不容易回过神来，呆呆地眨巴着眼睛。

“你把我们过去的事告诉店员了？”

“没有啊。之前我路过的时候正好和店员四目相对，不好意思不进去看看。”

绢子惊讶地皱了皱眉，康则很喜欢妻子不经意间露出的表情。

“那个……难道……”站在吧台里的店主犹豫地说道，“你们说的八音盒店是对面那家吗？”

“对啊。”突如其来的搭话让康则夫妇困惑地对望了一眼。

“那家店已经搬走了。”

“搬到这附近了吗？”

“不，搬到特别远的地方去了。”

店长把地名告诉了他们，康则和绢子面面相觑。这几乎是从日本的最北端搬到了最南端，看样子八音盒店的店主确实是下了大决心啊。

“上个月刚刚搬走，真可惜，没赶上。你们是来买八音盒的吗？”店主不无遗憾地说。

“不是，八音盒我们已经买了。”康则摇了摇头。

绢子又补充道："我们很喜欢那个八音盒，所以想来跟店员道谢。"

其实除了道谢以外，康则还想问问店员是怎么把《婚礼进行曲》换成了华尔兹的。

"多谢款待。"

里头的客人准备走了，店主向康则他们点头施礼，然后朝那桌走去。

"真是太遗憾了。"绢子小声说道。

康则只好无奈地耸了耸肩。他小口啜饮着烫嘴的咖啡，思绪万千。谜团总有一天会解开的吧，这家咖啡店不也是时隔三年才找到的吗？有些真相过了五十年才浮出水面呢。

客人一茬接着一茬进来，店里很快就坐满了。康则站起身，招呼正在吧台里忙得不可开交的店长来结账。

"接下来去哪儿？"

"去废弃的旧铁轨那里看看吧？步道入口有特别高大的樱花树吧？"

"嗯，没错。"

"回去的路上再买点樱叶饼[1]吧。观光船码头对面有

1　一种日式点心，因曾使用樱树叶，故得此名。

家和果子[1]店做的点心特别好吃。”

“好啊。”康则推开门后用背部抵住门，“你先。”

他们进来的时候都没发现，咖啡店的门上张贴着招聘服务员的启事，对面店铺的卷帘门上也张贴着商户的招租广告。

“谢谢。”

绢子拉着裙子一角，就像对舞伴行礼一样对着康则施了一礼。她脸上洋溢着灿烂的笑容，迈开轻快的步伐朝外走去。

（全文完）

1　以糖、糯米、小豆等为主要原料的日式点心的总称。

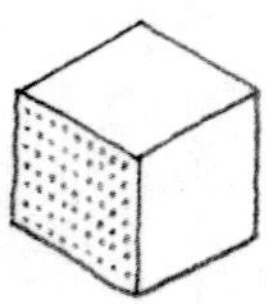

奇迹八音盒店

产品经理｜高一君　　装帧设计｜刘泊延
技术编辑｜顾逸飞　　插画师｜榊原直树
责任印制｜路军飞　　出 品 人｜吴 畏

图书在版编目（CIP）数据

奇迹八音盒店 / (日) 泷羽麻子著；高一君译. —
上海：上海文艺出版社，2019
ISBN 978-7-5321-7134-7

Ⅰ. ①奇… Ⅱ. ①泷… ②高… Ⅲ. ①长篇小说—日
本—现代 Ⅳ. ①I313.45

中国版本图书馆CIP数据核字（2019）第068460号

出 版 人：陈　徵
责任编辑：陈　蔡
特约编辑：高一君
封面设计：刘泊延

书　名：奇迹八音盒店
作　者：[日] 泷羽麻子
出　版：上海世纪出版集团　上海文艺出版社
地　址：上海市绍兴路 7 号 200020
发　行：果麦文化传媒股份有限公司
印　刷：天津旭丰源印刷有限公司
开　本：880mm×1230mm 1/32
印　张：7
字　数：108 千字
印　次：2019 年 6 月第 1 版　2019 年 6 月第 1 次印刷
印　数：1-8, 000
I S B N：978-7-5321-7134-7/I·5705
定　价：39.80 元

如发现印装质量问题，影响阅读，请联系021-64386496调换。